Maximilian Huber

Verletzt wurde niemand

Pumageschichten aus dem Dunkelsteinerwald

Ein Erziehungsbuch

Mit Zeichnungen
von
Michael Rosecker

Impressum: Eigentümer und Verleger: Verein Alltag Verlag (VAV). Für den Inhalt verantwortlich: Maximilian Huber. Grafische Gestaltung: Michael Rosecker. Cover: Volker Hochstätter. Zeichnungen: Michael Rosecker. Lektorat: Bernhard Müller und Ulla Schneider. Alle: Dreipappelstraße 13/d, 2700 Wiener Neustadt, www.vereinalltagverlag.at, im Mai 2006
Druck: digitaldruck.at, 2544 Leobersdorf, Eitzenbergerstraße 8, www.digitaldruck.at

Herzlichen Dank an: Susanne Dvorak, Michaela Fuckerrieder, Markus Grabenwöger, Roswitha Hikade und Peter Kolb

ISBN 3-902282-09-6

Für Aline

»Das Ungesagte ist ein schwarzes Loch. Die Dinge existieren nur, wenn man sie beschreibt.«
Conrad Winter

»Aus dem Walde tritt die Nacht, aus den Bäumen schleicht sie leise, schaut sich um in weitem Kreise, nun gib Acht.«
Hermann von Gilm

»Niemand kann mit Ruten, Kinder gut erziehen. Den man gut erziehen kann, für den ist ein Wort ein Schlag.«
Walther von der Vogelweide

»Don't let me down, don't let me down«
The Beatles

In liebevollem Gedenken an Aloisia, Franz junior und Rikki.

ZuruhmA N Puma
von Horst Hahn

Machs mit Feingefühl
Machs gleich zu bar
Pumas Philobougainville hängt
Hängt schräg
Dichtung kreisend, schleichend
Wichtig

Pumakaro, Pumaschall
Pumaloops hip hop
Pumaschweiß im Tanzlokal
Pumaschwanz hip hop

Machs mit Duftverstand
Machs weit vernetzt
Selbst-Puma-tum rollt
Rollt rund
Menschheitsliga: Unbequem
Dichtung schleckend, schnackelnd
Richtig

Pumakaro, Pumaschall
Pumaloops hip hop
Pumaschweiß im Tanzlokal
Pumaschwanz hip hop

Hasen Franzen weit zurück
Muss der Puma Phrasen dichten?
Hasen hassen
Franzen blassen
Puma ruft: Die Hosen passen!

Pumakaro, Pumaschall
Pumaloops hip hop
Pumaschweiß im Tanzlokal
Pumaschwanz hip hop

Jetzt ist Puma zuruhmA
Pumaschrift und Pumapinsel
Auf der Chiokefainsel
Und zurück
Verdammt!
Winkt er aus dem Kanzleramt

Pumakaro, Pumaschall
Pumaloops hip hop
Pumaschweiß im Tanzlokal
Pumaschwanz hip hop

fade out

Der Puma erblickt das Licht der Welt oder »zum Altare will ich treten«

Fett und dreist erschien Bürgermeister Hasenfranz senior auf der Schwelle des Gasthauses *Zum lachenden Mönch*. Er war gut gelaunt und hatte vor sich zu betrinken. Freitagabends traf sich das Dorf beim *Lebert*-Wirt und sprach den verschiedensten Alkoholika lebhaft zu.

Sonst sprachen sie eher wenig. Erst wenn ihre Zungen von unzähligen Bieren, Weinen und Schnäpsen gelöst waren, entkamen ihren Mündern wortähnliche Gebilde, die man aber noch nicht unbedingt Sätze nennen mochte und deren Inhalt auf Sinnhaftigkeit zu überprüfen, ein schier hoffnungsloses Unterfangen war.

Der Ort heißt Stumm und liegt im Dunkelsteinerwald. Stumm schmiegt sich an den Südrand des Waldes, ehemals beschützt und ausgebeutet von zwei Burgen, jetzt Ruinen und so wie es im Dunkelsteinerwald einige Stumms gibt, sind deren viele in Österreich zu finden. Ja, man kann sogar sagen, dass der junge Staatskörper Österreich richtiggehend infiziert ist mit Stumms, wie mit Röteln oder besser mit Schwarzeln, denn die meisten dieser kleinen kranken und schweigsamen Orte waren schwarz – tiefschwarz wie krankes Blut.

»Zum Altare will ich treten«, tönte Hasenfranz senior.

Dies war das Signal für den Wirt. Der Bürgermeister gab dem Stammtisch eine Runde Bier aus.

»Reds weiter es Nichtsnutz«, Hasenfranz war heute sehr launig, da gab es beim Eingang einen neuen Radau. Das Dorffaktotum Rudel, arbeitsloser Maurer, torkelte herein, an seinem Arm hing seine sichtlich schwangere Halbschwester, die schöne Ungarn-Rikki.

»Da Russ kummt«, schrie Rudel und setzte sich mit Rikki an den Stammtisch.

Rikki war nicht nur schwanger, sie war sogar sehr schwanger, sie war so schwanger, dass den anwesenden Männern sichtlich unwohl zumute war und sie ihre Biergläser leiser auf den Tisch setzten, als könnte eine laute Berührung zum jederzeitigen Gebären der hübschen Mittrinkerin führen.

»Da Russ is in Ungarn und durt bleibt er a, sunst warata schon längst do«, schlussfolgerte Wirt Lebert.

Jetzt muss man wissen, dass es in Ungarn einen Volksaufstand gegeben hatte, der vor fünf Tagen mit dem Einmarsch der russischen Truppen beantwortet wurde, jene Truppen, die den jungen Österreichkörper erst vor einem Jahr verlassen hatten, dementsprechend entspannt war die Stammtischrunde.

»Und wauns do kumman«, flüsterte Tante Gretel furchtsam.

»Whatever will be, will be«, sang der Dorftrottel Odysseus.

Odysseus war eines Tages in Stumm aufgetaucht. Keiner wusste woher er kam, die üblichen Verdächtigungen machten die Runde, von einem Zirkus verloren, aus einem Schiff gefallen, von Zigeunern vergessen. Er arbeitete nichts, lebte von Almosen und die Stummer verwendeten ihn als Aufpasser und Hüter, da es im Dorf aber nicht viel zu hütendes Vieh gab, hütete er Güter. Er war nämlich ehrlich und hatte einen unschätzbaren Vorteil, er redete nichts, sondern sang nur und das war für die Stummer derart schräg, dass sie wussten, solange Odysseus sang war alles in Ordnung, denn erst bei Gefahr versagte ihm die Stimme.

Hasenfranz senior saß neben der Rikki, die ihn mit großen Augen anschaute.

»Red mi ned au«, rüpelte der Bürgermeister sie an, »i waß ned wora is«.

»Please, please, please«, orgelte Odysseus.

»Oba I was, wora is und waun a kummt, is a hin«, plärrte Rudel.

Er war stolz auf seine Schwester. Immerhin hatte sie es geschafft dem Hasenfranz junior nun schon zum zweiten Mal den Samen für ein Bankert herauszulocken, obwohl sich der Senior standhaft weigerte, die beiden heiraten zu lassen.

»Der Trottl is wida mit seina Maschin' weg«, polterte Hasenfranz senior.

»Let the good times roll«, sang Odysseus.

»Hoit dei Papp'n«, war Bürgermeisters Antwort.

Rikki ging aufs Klo, da sie vermeinte eine Regung zu verspüren. Im Saal, der zwischen Schankzimmer und Häusl lag, kam sie an einem großen Wandgemälde vorbei. Es zeigt den Grafen Montecuccoli, wie er 1664 vor dem Kaiser Ferdinand III. kniete und für die besiegten Türken, die Dunkelsteiner

Ländereien als Lehen entgegennahm. Seit damals waren auch die Hasenfranz' bei den Grafen als Vogtbauern, was sie bis heute regelmäßig um den Verstand bringt. Man nahm und nimmt sich, was man wollte. Und so nahm der Hasenfranz junior sich die Rikki. Scheinbar im Jahresabstand, purzelten die Bastardchen aus ihrem Schoß und jetzt war schon wieder eines fast fertig in der Backstube.

Als die Welt noch ihr Geheimnis hatte – es war ein ganz und gar nicht lauer Abend, es war fürchterlich kalt. Das Pielachtal war wieder, wie jeden Frühling, von der Pielach fein säuberlich überschwemmt worden. Rikki schleppte beladen wie Ochs und Esel, weil sie damals zur Gänze der Familie der Hasenfranz gehörte, als Magd, als Leibeigene sozusagen, sie schleppte also die übervollen Samensäcke, ächzend und stöhnend, die enge, von den Hendln vollgeschissene Stiege zum Getreideboden hinauf. Und immer einen Schritt hinter der jungen Rikki der geile Bauer Hasenfranz der Jüngere, um einen Blick auf ihr Waldviertelchen zu erhaschen, den er sowieso hätte haben können, wenn er einfach nur gefragt hätte. Doch Fragen war in Stumm nicht so gefragt, oft löste eine Watschn oder eine Hirndetschn das Problem zur Gänze, so einfach war das Landleben. Die alten Vogtbauern und ihre Abkömmlinge, darunter der Lümmelbauer Hasenfranz, wollten gebeten werden. Die Bitten der Herrschaft verstanden sie schließlich auch – Peitsche und Liebes- sprich Lehens- oder Arbeitsentzug genügten.

Die Regung, die Rikki zum Klogang bewegte, stellte sich als formidable Wehe heraus. Sie ging in den jetzt schon dunklen Saal zurück und legte sich auf den Billardtisch. Am anderen Ende stand Odysseus und bediente den *Wurlitzer 1015*.

»Das ›Bäääste‹ für die Gäste«, pflegte Lebert zu sagen.

»Ruby Baby«, sang Odysseus mit der Jukebox um die Wette.

»Zum Altare will ich treten«, hörte man den Bürgermeister von draußen.

Eine neue Runde Bier, diesmal schon mit einem Schnapsglas als Begleiter für die so einsamen Biere, ward geordert. Jetzt waren die Stummer wie viele andere Österreicher einem fatalen Missverständnis aufgesessen, sie verwechselten Trinken mit Geselligkeit, sie verwechselten Lallen und Rülpsen mit Reden und sie verwechselten Spott und Hohn mit Zuneigung. Die Stammtischrunde kam schön langsam in Fahrt. Auf Rikkis Platz saß nun der Schlossermeister Votruba.

»Warum hülft denn den Ungarn niemand?«, fragte Votruba.
»Wer taratn uns leicht höfn, ha«, rülpste der Bürgermeister.
»Rip it up«, hörte man von draußen im Duett Little Richard und Odysseus.

So kurz ist also das Gedächtnis der Stummer. Wer hatte denn Österreich schon geholfen? Vielleicht Nikita Chruschtschow, der den damals zur Macht strebenden Molotow ultimativ fragte, ob er denn für den großen Krieg sei und wenn nicht, warum er den Österreichern dann ihren Staatsvertrag so beharrlich verweigerte oder die US-Amerikaner, die es den Österreichern nicht übel nahmen, dass sich diese nur widerstrebend befreien und gar nicht entnazifizieren ließen und sie nicht nach Morgenthaus Plan zu einer vorindustriellen Landwirtschaftskommune verkommen ließen, sondern schön fleißig die Marshall-Milliarden ins Land pumpten. Aber das dürfte die in Alkohol eingelegten Spatzenhirne in Stumm nie erreicht haben. Diese einfachen Leute waren nur dem *Stoascheißer-Karl* dankbar, dass er nicht täglich sein Geröll auf sie ablud. Dann warfen sie wieder ihre Wolfshäute über und mäanderten fröhlich durch ihren dunklen Wald.

Im Saal stöhnte die Rikki mit ihrer nächsten Wehe um die Wette.

»Don't be cruel«, sangen Elvis und Odysseus.

Rikki war auch eine Verlorene, eine Vergessene, eine Gefallene. Ihren Vater und sie hatte es schon Anfang der 50er-Jahre nach Österreich geweht, sie blieb in Stumm hängen, wie eine Fliege auf einem Marmeladenbrot. Wo war die Süße jetzt? Lag auf einem Billardtisch bereit zum Gebären, die Stummer hatten Wichtigeres zu tun, als so einem feschen Renaissancefräulein beim Kinderkriegen zu assistieren.

»Die Kinda kumman eh von söba«, pflegte Tante Gretel zu sagen, »man muss nua schaun, dass ned kemman.«

»Baby loves him«, wusste Odysseus beizusteuern.

Rikkis Mutter war auch so eine Verlorene. Mit vierzehn von dem Bauern, der sie von einem Hof gekauft hatte, geschwängert, ließ dieser kein weiteres Interesse an ihr aufkommen. Sie flüchtete mit ihrem Bankert ins Burgenland, traf dort den späteren Rikki-Erzeuger und wurde hart. Fließbandarbeit in einer Fabrik, Putzen in den Herrschaftsvillen, nebenbei Kinderkriegen bis zum Abwinken, der Göttergemahl zog als Schausteller mit abwechselnder Kinderbegleitung durch die Lande. Eines

Tages war sie für immer verschwunden. Es kümmerte niemanden.

»Die Straße der Vergessenen«, Odysseus hatte die Sprache gewechselt.

Die Stummer liebten und fürchteten ihren Dunklen Wald gleichzeitig. Es hielt sich hartnäckig das Gerücht, dass in ihm noch immer Bären und Wölfe herumstreiften. Die Kinder wurden schon rechtzeitig geformt, damit sie den Wald nicht betraten und die katholische Kirche tat ihr übriges. Sie segneten die Menschen, sie segneten die Felder, nur das Holz ob lebendig oder tot war ihnen nicht koscher. Schließlich war ihr liebes Jesulein auch auf einen Baum genagelt worden. Trotzdem hing dieses putzige Ding in jeder Stube, in jedem Stall.

Auf dem Billardtisch ging aber jetzt ordentlich was weiter. Rikki stöhnte, schwitzte, zuckte bekam mit beiden Händen je eine Kugel zu fassen, die knirschten, sie hatte ihre Latschen von den Füßen gestrampelt, diese hüpften vom Tisch und sahen Richtung Odysseus der »Blue suede shoes« sang und Carl Perkins ein Kusshändchen zuwarf.

»Do is owa finsta«, der Bürgermeister und der Schlosser wankten Richtung Klo durch den Saal.

Ja finster war es auch auf der Festplatte der Stummer Gehirne. Sie hatten sie immer rechtzeitig gelöscht und so konnten sie die wechselnden Herrschaften und Mittäterschaften immer leicht ertragen und unfröhlich weiterwursteln. Da spazierten die Türken, die Schweden, die Franzosen, die Habsburger, die Nazis und sie selber durch ihre Brainmaschine und was blieb über, ein Achselzucken, ein Nasenbohren, ein Eierkratzen und das ewige Warten auf den nächsten Tölpel, der durch ihren Porzellanladen trampeln durfte.

»Do is nu imma finsta«, Hasenfranz senior hatte wie immer den Durchblick.

»Wia im Woid«, bibberte Votruba.

»Stranded in the jungle«, war Odysseus‘ Beitrag.

Als die Herren den Saal verlassen hatten, war Rikkis Fruchtblase geplatzt.

»Zum Altare Gottes will ich treten«, schrie Rudel.

»Des is mei Red‘«, brüllte der Bürgermeister zurück.

»Um Gotts‘ Wülln, wo is des Mensch«, kreischte Tante Gretel.

»Precious Lord«, kreischten Aretha Franklin und der Narr.

Tante Gretel kam in den Saal gestürzt und sah die Bescherung. Auf dem Billardtisch lag die gekreuzigte Rikki, brüllte und wand sich, blutete und blubberte, doch Gretel war eine perfekte Hebamme. Ruck zuck, Kleider runter, Wasser herbei, Kopf gefasst, geschrien, gepresst am dritten Tage herausgezogen. Sie hielt einen kleinen Puma bei den Füssen der in voller Lautstärke seine Bläue aus dem Herzen brüllte.

»It's too late«, sang Chuck Willis und Odysseus formte stumm die Lippen dazu.

Du trenzt / Du tränst / Du bist süchtig / Nicht so wichtig / Für das Ganze / Jammertal

Du weinst / Du greinst / Und vereinst / Vielleicht Gegensätze / Nicht so wichtig / Für Verletzte

Du hast ein weißes Gesicht / Du verlangst ein jüngstes Gericht / Aber ein Ganzes / Das Ende des Schwanzes / Ist oft das Licht

Der Puma sucht seinen Schatz oder wie sich alle reißen ihn in das Leben zu begleiten

Der Puma sitzt auf den Schultern eines riesigen Mannes, mit schwarzen Haaren und Beikeles, sodass der damals noch nicht selige Elvis blass vor Neid geworden wäre, doch der war noch in Memphis und hatte ebenfalls Muttersorgen. Der Riese war sein Halbonkel Rudel und die beiden standen am Ufer der Pielach und starrten durch eine Nebelwand Richtung Stumm. Sie waren im Exil gelandet.

»Mein Schatz, wo bist du?«, der Rudel spricht für den Puma in die Nebelwand, doch gluckst nur der Fluss zurück.

Lange durfte sich der Puma der Mutterbrüste nicht erfreuen, da die eine ständig mit Milch, die andere jedoch mit Schnaps oder umgekehrt oder beide mit einem Gemisch dieser edlen Säfte gefüllt waren und ein kleiner Puma vieles, nur keine Tigermilch verträgt; kurz – dieser Umstand rief die Fürsorge aus dem nahen Kruzifix auf den Plan. Man erwog und ermaß und erließ der Rikki ihre Aufsichts- und Erziehungspflichten und sandte den Puma in einen Nachbarort zu Spenglers. Der Hasenfranz junior war durch fleißiges Ansammeln von Vorstrafen auf seinen nächtlichen Motorradtouren ebenfalls kurzfristig aus dem Erziehungsgewerbe ausgeschieden. »Schlurf as Schlurf can«.

Unser Held kam also in einen Nachbarort von Stumm, nach Eben an der Westbahn. Den großen, dunklen Wald sah man nur als Silhouette in der Ferne, die Pielach wand sich durch den flachen Ort. Alles war dort eben, glatt und langweilig. Selbst die Geschichte des Ortes war eintönig. Das einzige hervorragende Ereignis seit der slawischen Gründung vor achthundert Jahren war die 1938er Durchfahrt des Unaussprechlichen, des Schickelgruber, als dieser mit seinem Verbrechertross gen Wien raste, ja nicht einmal an hielten sie ihre Eroberungs- und Vereinnahmungsfahrt, obschon man den Ort an der Bundesstraße 1, so schön herausgeputzt hatte wie eine Braut und die Bevölkerung am Straßenrand aufgefädelt stand, brav jubelnd und wachelnd mit ihren Hakenkreuzfahndeln, diese geduldigen Schlachtopfer, diese ahnungslosen Doppelkopflämmer, ihres Schlächters fromm harrend.

Einhundert Straßenkilometer noch, dann war der Blumenkrieg gewonnen, dann war die Vereinigung mit dem Satan vollzogen und nur mehr Tod und Elend sollten aus diesem Bündnis hervorgehen.

Die Ebener hatten nach dem Krieg auch brav ihre Festplatten gelöscht. Es wurde aufgebaut, dass es nur so rauschte in den Pielachauen. Die Bacherl wurden begradigt, die Menschen beschäftigt und neben den Fluss baute man die größte Hendlschlachterei weit und breit. Natürlich ohne Kläranlage, denn der Bürgermeister war auch Landtagsabgeordneter und so ein neumodernes Zeug brauchte man nicht, sodass die kilometerweit entfernt schwimmenden Pumas, immer Hendlgefieder und -gebeine im Maul hatten und ausschauten, als hätten sie soeben eine Hendlschar gerissen.

Aber wir greifen den Dingen vor. Noch sind wir in Eben, der Puma ist mittlerweile zwölf Monate alt, die Spenglersche Nahrung greift, er wächst und gedeiht prächtig und ist der schnellste Krabbler der Gegend.

Der Rudel hatte den Puma wieder auf seine breiten Schultern geladen und sang:

»Heute Kinder kommt der Bär
Will den Honig und viel mehr
Passt schön auf die Löckchen auf
Bär ist schnell in Schritt und Lauf
Hat ja Kamm‘ und Scher‘ im Sack
Schneidet auch schon
Klack, klack, klack.
Bären sind gefräßig wild
Wollen Löckchen, Honig, Met.
Bist du nur ein bisschen müd,
ist es schon zu spät.
Achtung Kinder!
Heute kommt der Bär
Will den Honig
Und viel mehr…«

Der Puma lernte gleichzeitig sprechen und laufen, dass heißt seine Motorik befahl ihm, sich zu erheben, obwohl er eigentlich mit dem Brabbeln genug ausgelastet war. Das führte in ein kommodes Desaster. Da sein einziger Lehrer der Rudel war, beschloss dieser in selbstloser Weise, seine Überlastung zu kompensieren und nahm den Puma immer öfter auf seine Wirtshausbesuche mit. Im Zentrum des Ebener Bermudadreiecks lag die Spenglerei. So konnte Rudel zwischen seinen Wirtshausbesuchen immer wieder bei Spenglers vorbeischauen und so Normalität vorgaukeln. Der Puma amüsierte sich köstlich. Er vergaß das Sprechen fürderhin und lernte umso schneller laufen und vor allem kraxeln, was besonders wichtig war, da in Eben in Ermangelung anderer Erhebungen unzählige Bäume gepflanzt waren, auf die die Ebener sehr stolz waren. Im Hof des Gasthauses *Post* gegenüber der Post und der Spenglerei wuchs eine riesige Sommerlinde. Hinter dem Baum war eine Laderampe für die Postpakete und eines Frühlingsvormittags pfiff der Puma auf die Obhut des Rudels, bestieg die Rampe, dann die Pakete und schließlich den Lindenast und verschwand im samtigen Sommergrün der Lindenblätter. Hier traf er auf eine Amsel die ihn ärgerlich begrüßte: »Tschackschak-srri-gock!«

Ein Buchfink flog herbei und gab seinen Senf dazu: »Tsit-tsittsitt-schitschitschitsischitsurria!«

Der Puma machte große Augen und sprach erstmals aus, was der Rudel immerzu am Flussufer sagte: »Mein Schatz, wo bist du?«

Eine Feldlerche landet: »Trrülüt-bürrt-trrülüt-bürrt.«

Vom Dach der Spenglerei mahnten die Ringeltauben: »Grru-gruh-gru-grugru.«

Die Postpakete wurden weggekarrt. Der Puma saß den Tag und die folgende Nacht auf dem Baum. Als man ihn am nächsten Tag fand, sprach er mit den Vögeln und die erste Legende war geboren.

Der Puma wird Bäcker, das aber nicht lange, und durchquert erstmals den Dunklen Wald

Die Arbeit wurde immer mehr und dies auch bei Spenglers. Wir befinden uns im Jahre 1959 – das so genannte Wirtschaftswunder steht vor der Tür. Es wird gebaut, dass nur so die Arbeitskräfte ausgehen. Was braucht man zu so einem Wirtschaftswunder? Man nehme eine oder mehrere schwache Demokratien, mixe sie mit feudaler und kirchlicher Willkür, füge vorsichtig ein bis mehrere Diktatoren bei, lasse diesen explosiven Teig solange unbeaufsichtigt, bis dieses brisante Gemisch die ganze Küche, das ganze Haus, das ganze Land, den Kontinent, ja fast die Welt in die Luft jagt. Wenn sich dann alle wieder beruhigt haben, sage man: »Es wor nix.« Oder: »Mia worn ned dabei.« Oder: »Do wori bei de, i was ned wias g'hassn ham, oba an Schülling hod ma kriagt.« Schließlich sage man: »Jetzt muss aber eine Ruhe sein, wir müssen aufbauen.«

Dabei hat man einen kleinen Schönheitsfehler übersehen. Für das Aufbauen braucht man viele Arbeiter, doch in so einem blöden Krieg sind halt leider viele Menschen umgekommen, die alten Knechte und Mägde oder hier gebliebenen Zwangsarbeiter und Kriegsgefangenen, sind, obwohl sie nie einen gerechten Lohn bekamen, alt geworden. Doch halt! Haben wir nicht einen Babyboom? Wir können gar nicht warten, bis die kleinen Pumas herangewachsen sind, damit wir sie in die Felder schikken können. Wie? Die müssen doch in die Schule gehen? Ja, das können sie eh, wenn die Arbeit erledigt ist.

Auch bei den Spenglers boomte es. Es boomte so sehr, dass sie den Puma der Fürsorge dankend zurückgaben und schon war unser kleiner Held wieder unterwegs zu neuen Ufern.

Diesmal strandete er wieder am Rande des Dunkelsteinerwaldes bei einem Bäcker im schönen idyllischen Orte Zenobach.

Das Dorf hieß so nach einem italienischen Heiligen dem Benediktinerbischof Zeno aus Verona. Dieser war in der säkularen Welt ein Günstling des römischen Kaisers, der gegen die syrischen Heiden vorging. In der Legende war er jedoch der übliche Wunderwuzzi: Im Zenostein sind noch heute die Fußabdrücke und Gliedmaßen, wie in Wachs eingedrückt. Der liebe Heilige hat auch die im Katalog des Vatikans vorgeschriebenen üblichen Wunder vollbracht: Jungfrauen vom Teufel befreit, Tote zum Leben erweckt, Geblendeten das Augenlicht zurückgegeben und allerliebst: Als er einem Reisenden einmal gestattete, sich drei Fische von seinem Proviant zu nehmen, fladerte dieser einen vierten, als er den jedoch kochen wollte, wurde dieser vierte Fisch nicht gar.

Als die auch aus Oberitalien stammenden Grafen hier schon einen veritablen Zenokult vorfanden, bliesen sie in diese Legende noch gar viel heiße Luft hinein und gaben dem Zeno die endgültige, jedoch völlig verfälschte Gründerlegende. Vom Zenostein aus soll der wackere Bischof eine Axt geschleudert haben und wo sie niederfalle, solle die Kirche von Zenobach errichtet werden. Er dürfte aber nicht seinen besten Tag gehabt haben und schleuderte die Axt genau auf die Grundgrenze von Stumm und Zenobach. Da warf der Heilige trotz der sportlichen Höchstleistung von ca. 1 500 m Axtweitwurf, noch einmal und diesmal richtig weitab von Stumm und mitten in das Gemeindegebiet von Zenobach und dort wurde natürlich die Zenokirche errichtet.

Und mit solchen Geschichten hatte man die Doppelkopflämmer Jahrhunderte bei der Stange gehalten. Jeden Frühling pilgerte die gesamte Gemeinde nach dem Morgengrauen eine Woche lang zum Zenostein, um für die Felder Fruchtbarkeit zu erbitten. Die Früchte der Felder kamen in die Mühle und anschließend zum Bäcker, wo der Puma einige Wochen interessiert herumlungerte. Seine sprachliche Entwicklung stockte gar heftig, da niemand mit ihm redete.

Nach dem ersten Kontrollbesuch nahm ihn die Fürsorge gleich wieder mit und fuhr mit ihm durch den Dunkelsteinerwald in das schöne und friedfertige Ober-Wölbling.

Der Puma wird wieder verschickt, besteigt den Chotvich und ist Trauzeuge oder die leuchtenden Jahre

Am selben Tag, als das vom Verleger Gallimard gelenkte Auto, in der Nähe von Villeblevin, an einem Baum zerschellte und den genialen Schriftsteller und Philosophen Albert Camus mit in den Tod riss, wurde unser Held Puma auf den Rücksitz des St. Kruzifixer Fürsorgeautos verfrachtet. Man fuhr durch den Dunklen Wald nach Oberwölbling.

Es wird hell. Die Sonne geht auf im Puma. Das Weltwissen der 4-Jährigen, die Erinnerungsmaschine springt an, das Gehirn des Puma fängt an zu tuckern, wie ein Lastkahn, der endlich volle Fahrt aufgenommen hat. »Ahoi Synapsen! Wir kommen, lasst uns vor Anker gehen, wir wollen endlich anlegen«, die Bugwelle schneidet scharf das Jahrzehnt entzwei.

Wir biegen auf der *Road Nineteen-sixty* in einen wunderschönen, idyllischen Ort ein und halten mit quietschenden Fürsorgereifen vor einem Gemeindebau, wo uns die herrliche Frau Robinson erwartet, mit viel Gefunkel in den Augen und einem warmen, übervollen Herzen. Sie nimmt das schlafende Pumabündel auf ihre Arme und trägt es zum ersten Mal über ihre Schwelle, wie sie es zwei Jahre lang unzählige Male tun sollte. Er wird ihr Schatz. Zum ersten Mal fühlt sich der 4-Jährige beschützt, behütet und vor allem bemuttert. Frau Robinson bringt unserem Zögling das Lesen bei und das bei vollem Tageslicht, der Puma muss es sich nicht, wie der arme Jean-Paul Sartre, in der finsteren Wäschekammer selbst beibringen. Sie will ein Wunderkind aus dem Kleinen machen, dementsprechend bläst sich der Puma auf, er übernimmt die Macht, die Einzelkindherrschaft, er pfaut und gockelt durch die Gegend. Unzählige Federn säumen seinen Weg. Dementsprechend einsam wird er auch. Er entwickelt seltsame Strategien seinen Willen durchzusetzen, wie Luft anhalten, bis die Birne blau ist, brüllen auf dass die Dachziegel locker werden und verstecken spielen, bis er sich selber oft nicht wieder findet, trotz alledem liebt ihn Frau Robinson abgöttisch. Der Puma träumt immer öfter vom schwarzen Mann und immer öfter darf er zu ihr ins Bett schlüpfen und an ihrem weichen Riesenbusen ins Land der Träume wallen.

Eines Tages der erste Schock. Er soll in den Kindergarten gehen. Nachdem ihn schon in der ersten Woche auf dem Hinweg ein Moped überrollt, was der Puma aber gar nicht registriert, erst als in der Bäckerei die Verkäuferin ob des blutüberströmten Pumakopfes aus den Latschen kippt, dämmert ihm etwas und er legt sich neben sie.

Nach seiner Genesung war Schluss mit Kindergarten. Frau Robinson nahm ihn mit in die tägliche Arbeit in der Propstei, wo sie als Köchin schuftete.

Der Propst Servus, herabgestiegen von dem mächtigen Stift Göttweig, seines Zeichens auch Pfarrer von Oberwölbling, auf dem das Stift wie die Trud saß, war heute wieder besonders guter Laune.

Schlachttag war. Servus hatte schon sieben prächtige deutsche Reichshühner guillotiniert, stolz wie ein Hühnerhabicht, als ihm sein heldenhafter aber nervenschwacher Assistent Puma per Ohnmacht den weiteren Hilfsdienst verweigerte. Das achte Reichshendl war noch eine Weile kopflos herumgeflattert, ehe es den Puma letztmalig aber umso herzhafter anblutete.

Dies war etwas zu streng für einen 5-Jährigen, der auch keine Fluchtmöglichkeit aus dem hermetisch geschlossenen Benediktiner Schlachtschuppen fand. Als das Kind wieder zu sich kam, stand der Propst auf dem Schlachtbock und krähte: »Ich bin der Herr der Hühner – Kiiikerikiiiiiiii!«

Oberwölbling duckt sich an den Hang des Dunkelsteinerwaldes, als wollte es sich vor den mächtigen Göttweiger Mönchen verstecken. Das Stift hat etwas Magnetisches, ja Zwanghaftes an sich. Bei der Gründung zwang man sich schon auf den alten Kultberg der Kelten, den Chotvich, und so hatte man die Bevölkerung zum ersten Mal »katholisch gemacht« und es sollten noch viele Male folgen. Das war der Lieblingsspruch des Propstes Servus: »Mir werns scho no katholisch mochn.« Und so nahm er sich auch den Puma vor.

Denn am Anfang war das Wort und das Wort ward Fleisch – sprich Heiden – geworden und die wurden fesch missioniert, sprichwörtlich »katholisch gemacht«. Dann waren alle schön katholisch oder taten brav so, später protestierten der Luther, der Hus, der Calvin, der Zwingli und so; die Verwirrung war grenzenlos. Und dann wurden wieder alle katholisch gemacht. Mit Mord und Brandschatzung und immer, immer bekamen die kleinen Leute eine aufs Dach und ihr Fett ab. Und bezahlten die Zeche. Und fraßen die Krod. Und immer waren es die Pfaffen und die Pröpste, die sich das Raubgut aneigneten. Doch der Göttweiger Propstei ging es wirklich mies. Dem Servus seine Glocken läuteten nur mehr zu den Marienfeiertagen oder am »Tag der armen Kinder« und da nur mehr leise. »Teufel – friss Pfaffen und scheiß Landsknecht«, wie der alte Freund Christoph Martin Wieland zu sagen pflegte.

Propst Servus nahm sich also des Puma an und tat sein Bestes, um ihm Schlechtes zu tun. Die Propstei lag zwar in ihren vorletzten Zügen, doch Arbeit gab es genug. Arbeit gibt´s seltsamerweise immer genug, nur Arbeitsplätze nicht. Und so ein kleines Helferlein wie der Puma war da hochwillkommen.

»Gelobt sei ER, der Herr«, wie Servus zu bemerken pflegte, dann murmelte er wieder: »Mir werns schon no katholisch mochn.«

Doch die Schäflein waren schon lange weg von der Herde, nur die Hirten wollten es nicht so richtig wahr haben, in alle Winde zerstreut war das Kirchenvolk, umso mehr Arbeit blieb dem kleinen Puma.

Wenn der Puma vor Erschöpfung nicht mehr konnte, schlich er sich in das Arbeitszimmer der Propstei. Dort stand eine große Pendeluhr, die schon lange das Pendeln und Zeitmessen aufgegeben hatte. Umso besser konnte sich unser Winzling in ihr verbergen.

Eines Tages betraten der Propst und Bürgermeister Donnerbauer den Raum. Der Propst öffnete einen Doppelliter Wein und die Herren zündeten sich je ein Zigarrl – eine gute *Großglockner* an.

Donnerbauer war ein riesiger, ungeschlachter Kerl mit einem fülligen Schickelgruber-Bärtchen unter der Nase.

Die Gemeinde pfiff sogar schon aus dem letzten Loch, mit dem Vorletzten der Propstei hatte man ein wunderbar kakophonisches Orchester, deshalb wollte man sich auf eine Flöte zusammenlegen. Der Donnerbauer hatte einen Vorschlag.

»Mir brauch'n an Grund«, sagte er zum Propst.

»Und wir brauchen mehr Schäfchen in der Kirche«, seufzte dieser.

»So so«, Donnerbauer zerkaute gerade die *Großglockner*.

»I werd' mitn Abt redn«, süffelte Servus.

»Soso, midn Abt wirst redn«, donnerbauerte es.

»Bei uns entscheidet ois da Abt«, prostete Propst.

»Soso, reine Gipfeldemokratie oiso«, orgelte Donnerbauer, »wia bei mia. Das Gemeinderad ist nua zum Verroll'n do.« Die beiden Herren quietschten vor Vergnügen, pafften, prosteten und schluckten um die Wette, dass dem Puma seine Äuglein fast die Stunde schlugen.

Ein kurzes »Soso« noch und weg war Donnerbauern.

Die späten Nachmittage und die Abende waren die paradiesische Zeit für den Puma und Frau Robinson. Sie lasen miteinander, einander vor, tranken saure Milch oder lümmelten in der warmen Jahreszeit in der neu angeschafften Hollywoodschaukel. Das leise Quietschen dieser Schaukel signalisierte dem Puma Geborgenheit und er sollte es nie mehr aus seinen Ohren verlieren.

Eines Samstags musste der Puma sich in einen schönen schwarzen Anzug stecken lassen, bekam eine Blume ins Knopfloch verpasst und bestieg mit seiner Ziehmutter den Chotvich. Sein Vater Hasenfranz junior hatte beschlossen zu heiraten, jedoch eine andere Rikki und dies tat er noch dazu im Stift Göttweig. So wurde der Puma Zeuge einer Hochzeit, die seinen Niedergang einleiten sollte. Im fernen Kruzifix tagte wieder einmal das Fürsorgegericht, der Puma wurde auf den Rücksitz eines Volkswagens verfrachtet, blickte tränenumflort aus dem rückwärtigen Autofenster und sah in der Ferne seine Frau Robinson, den Propst und Bürgermeister Donnerbauer, der ein letztes »Soso« anstimmte, verschwinden.

Warum? / So / Soso / Sososo / Soossoossoo. / Sind / Sindie / Sinddie / Sinddiemenschen / So / So.

Sindbad / Sindiemenschenbad / Sobad / Sobald / So / Bald / Sinddie / Menschen / Nimmer / Bad.

Der Puma geht in die Falle und lernt seine Geschichte kennen oder warum sich außer Juri Gagarin niemand so richtig wohl fühlt

Als die Beatles zum ersten Male im Liverpooler *Cavern Club* auftraten, hatte der Puma schon seine schützende Frau Robinson Höhle verlassen müssen. Er war gründlich in die Falle gegangen. Schon seine Großmutter hatte man an den elterlichen Hof verkauft und jetzt war er an der Reihe, allerdings mit seinen fünf Jahren in einer rechtlich sehr geschwächten Situation, die ihm nicht viel Widerstand ermöglichte. Die Fürsorge und sein Vater hatten sich geeinigt, ihn als Arbeitskraft in das väterliche Gewerke und die großväterliche Landwirtschaft einzugliedern, zur Tarnung wurde ein Adoptivvertrag abgeschlossen, der familiäres Interesse und schulische Ausbildung vorgaukelte. So kam der Puma wieder einmal heim.

Zur Begrüßung bekam er eine Ohrfeige, stellvertretend vom älteren Bruder verabreicht und diese Erziehungsmaximierung wurde die nächsten Jahre noch vervollkommnet. Es wurde geschlagen mit allem, was in der Nähe stand, lag oder hing. An hohen Züchtigungstagen wurde der, wie ein Christus am Dachboden aufgehängte, Ochsenziemer herabgeholt und durfte unauslöschbare Tanzschritte auf den Rücken der kleinen Pumas vollführen. Es waren unvergessliche Stunden.

»Unterm Hitla hättns eich vagast«, pflegte Hasenfranz junior seinen Söhnen zuzurufen, wenn er schlecht gelaunt war. Die gutgelaunte Version ging so: »Bei de Nazi hätt ma eich ins Orbeidsloga gsteckt«, doch selten war der Hasenfranz gut gelaunt. Er hatte in Abständen von je einem Jahr der Ungarn-Rikki und der Österreich-Rikki je drei Bälger, also ein halbes Dutzend Pumas, hervorlocken können.

Diese Kinder hinderten ihn jedoch daran, seine hervorragenden Talente zu entwickeln und in die weite Welt hinauszutragen, wie sein jüngerer Bruder und so musste er im dumpfen Dunkelsteiner Kaff verweilen.

So sind wir jetzt alle wieder in Stumm versammelt.

Stumm ist ein armes Dorf mit feudalen Strukturen. In ihm leben lediglich dreihundert Seelen. Es gibt einen Großgrundbesitzer – den Grafen – einen Unternehmer – den Hasenfranz senior, gleichzeitig Feuerwehrhauptmann, Raiffeisenobmann und Bürgermeister, einige reiche Bauern und die katholische Kirche. Unter diesen wenigen ist der gesamte Grundbesitz aufgeteilt. Alle Werte, die von den arbeitenden Menschen in Form von Früchten und Holz erbracht werden, fließen diesen wenigen zu. Fast die gesamte Bevölkerung, vor allem die Kleinbauern müssen zu den Großgrundbesitzern arbeiten gehen, meist neben ihren regulären Berufen. Im Dorf gibt es eine Feuerwehr, einen Greißler und zwei Gasthäuser. Keine Vereine. Keine Freizeitgestaltung. Mit Sonnenaufgang geht man arbeiten, mit Sonnenuntergang legt man sich schlafen, so als ob Thomas Alva vergessen hätte, die Glühbirne zu erfinden. Niemand ging ein Licht auf, da fast nicht gelesen wurde, außer dem *Bauernbündler* und der *Kirchenzeitung* und den Schundblättern der *Lesezirkel*. Im Dorf gibt es einen großen Traktor (Hasenfranz senior) und wenige Autos. Fernsehen ist noch fern, einige haben Radios. Das soziale Leben beschränkt sich auf den sonntäglichen Kirch- und Wirtshausbesuch (Männer), mehrtägigen Kirchenbesuch (Frauen und Kinder) und täglichen Kirchenbesuch (alte und unverheiratete Frauen). Die Männer haben noch die Feuerwehr und das Gasthaus als Überdruckventil. In die Schule werden mit Billigung der Behörden die Kinder nur dann geschickt, wenn es die Arbeit zulässt. Sportvereine gibt es nicht. Es gibt nichts was »unnütz« ist, jedwede Unterhaltung wird als Zeitverschwendung abgetan und den Kindern dementsprechend verboten.

Zu Beginn der 60er-Jahre erfasst das *Wirtschaftswunder* auch die ländlichen Gebiete, viele junge Arbeitskräfte werden auf den städtischen Baustellen benötigt, Gastarbeiter gibt es noch nicht. Von den Kriegsjahren bis jetzt konnte man sich noch mit den Knechten, Mägden und hängen gebliebenen Kriegsgefangenen und Zwangsarbeitern behelfen. Doch diese Generation ist alt geworden, stirbt quasi in der Gesindekammer, ohne jemals einen gerechten Lohn erhalten zu haben. Jetzt wurden die Kinder angehalten zu arbeiten. Mit Schuleintritt wurden sie ins Feld geschickt und gnadenlos ausgebeutet. Am schlimmsten ging es den unehelichen Kindern von Mägden, die weder elterlichen noch staatlichen Schutz genossen. Die so genannte Fürsorge war lediglich ein grimmiger Witz.

Der sowjetische Kosmonaut Juri Gagarin hatte ein kurzes aber heftiges Vergnügen, nach einhundertacht Minuten ging der erste All-Flug eines Menschen wieder zu Ende.

»Der Flug ist normal, ich fühle mich wohl«, grinste er in die Kameras und wohl fühlten sich auch die kleinen Pumas, die durch die Auen und Felder Stumms pflügten wie Sputniks und sich ihren kleinen Kosmos eroberten. Sie jagten Frösche, beschnupperten die Sumpfdotterblumen, bauten gigantische Talsperren in die mäandernden Bäche, rannten solange es das Tageslicht erlaubte durch die Wiesen, bis die Sternderln vor ihren Augen tanzten und waren sehr anarchisch gesinnt. Sie gründeten eine Indianerbande, bauten einen Stroh- und Heuiglu, der Puma zeigte ihnen das Lagerfeuer anzünden und hätte mit einem Schlag fast den gesamten männlichen Stummer Nachwuchs ausgerottet. Das hatte großelterlichen Bauernhofarrest als Konsequenz. Der Puma betrat die noch immer verschissene Dachbodenstiege und fand in einer großen Kiste zahllose Bücher und begann zu *karlmay*isieren. Im Rückschritt von der Praxis zur Theorie.

Er baute aus den Büchern eine Mauer um sich, floh in die Buchstabenwelt und wusste nicht, dass in Berlin gerade ein ähnlicher Wall der Schande errichtet wurde; dort hieß es Ost gegen West, hier der Puma gegen den Rest der Welt.

Im September schulten sie ihn für eine Woche ein, um ihn bald wieder auszuschulen. Er hatte ein Jahr Gnadensfrist gewonnen.

Außer Juri Gagarin fühlte sich niemand so richtig wohl.

Wie der Puma die Schöne Neue Welt kennen lernte oder der Beginn der Knechtschaft

Der Puma wurde endgültig eingeschult, er war ein kräftiges Bürschchen geworden durch Dauerlauf in Feld, Wiesen und Auen und durch deftige großelterliche Bauernhofkost. Er hatte zwei Kleidungsstücke für die Beine – eine lange Lederhose für die kalte Jahreszeit und eine kurze Lederhose für die warme. Als Erstes irritierte ihn, dass er sonntags immer aus der Lederhose geschält und in einen unbequemen Anzug gesteckt wurde. Sodann mussten er und sein älterer Bruder Tiger in die Kirche marschieren. Da er bis jetzt und vor allem von der Frau Robinson als Heide aufgezogen wurde, amüsierten ihn die seltsamen kultischen Handlungen und Gewänder gar prächtig, noch dazu wo Pfarrer Adriel ein gar seltsamer Kauz und Saufbruder seines Großvaters Hasenfranz senior war. Auch das Holzbein des Pfarrers und sein unverhohlenes Interesse an Bubenspatzerln trugen nicht unbedingt zur Steigerung des Ansehens der Kirche und ihres ersten Repräsentanten bei.

Außerdem war der Puma auch sprachlich in eine fremde und feindselige Dialektwelt gestoßen worden. Frau Robinson hatte mit ihm Schrift gesprochen und gelesen und hier in Stumm bellten ihn die Mitmenschen in einer vorerst schier unverständlich anmutenden Sprache an.

In der ersten Klasse der baufälligen Zenobacher Volksschule versammelten sich zweiundachtzig Kinder. Es wurde vom Sparpaket nicht lange gefaselt, man tat es einfach. Die Schule hat zuwenig Geld, die Kinder wollen es im Winter warm haben? Kein Problem! Der Kachelofen ist vorhanden, das Holz bringen die Kinder von zu Hause mit. Was glauben Sie, was da zusammenkommt bei Holz mal zweiundachtzig Kindern? Da können Sie lange heizen. So war es also warm und man konnte sich darauf konzentrieren, den vielen Pumas etwas beizubringen und ihre Lehrerin war ein Genie. Frau Annemarie hatte eine eigene Klaviatur, auf der sie für jedes der vielen hungrigen Hirne den gewünschten und richtigen Ton traf.

Die außerschulische Zeit war jedoch ein Schock für den Puma. Die Schulkinder mussten mindestens zweimal in der Woche vor der Schule die Frühmesse besuchen und zu jeder passenden oder unpassenden Gelegenheit gab es Prozessionen zu sonderbaren Kultplätzen.

Es wurden seltsame Heilige verehrt, man nahm sich viel Zeit und schenkte ihnen intensive Aufmerksamkeit. Da der Dunkelsteinerwald durch seine geografische Lage und fehlende Verkehrsanbindung bis zur Motorisierung schwer zu erreichen war, konnten sich hier viele heidnische Kulte zurückziehen und wurden auch bis lange ins Zwanzigste Jahrhundert hinein liebevollst gepflegt.

Der Oberhammer war die 14-tägige Prozession zum Zenostein. Jeden Morgen machten sich die Schulkinder, der Pfarrer und die täglichen Messweiber auf den Weg, um für eine gute Saat, schönes Wetter und alles mögliche mehr zu bitten. Was den Kindern aber tunlichst verschwiegen wurde oder vielleicht auch niemand wusste, dass dieser Stein in grauer Zeit eine Menschenopferstelle am fließenden Wasser war. Wohl bekomm's Heiliger Zeno.

Da die Scholle durch fromme Gebete allein aber nicht bewirtschaftet werden kann, hieß es für den Puma, Bruder Tiger und viele andere kleine Wichteln nach der Schule ab in die Felder. Es wurde geschuftet, gebuckelt, barabert, gehackelt und gewerkt, dass die Schwarteln nur so krachten. Hatten die Eltern ein Einsehen, durften die kleinen Pumas noch ihre Hausaufgaben vor dem Schlafengehen machen. Bei vielen Bauern gab es diesen Luxus nicht und diese Knaben fanden sich dann im vierten Volksschuljahr, noch immer in der ersten Klasse verharren.

Die Großmutter befahl dem Puma eines Nachmittags auf den *Steyr*-Traktor zu klettern und diesen gütigst ein paar Meter nach vorne zu bewegen. Dem Puma klopfte das Herz bis in den Hals, den Befehl zu bremsen, wurde er nicht mehr gewahr und dies war sein zweiter Versuch, einen Teil der Bevölkerung Stumms vom Erdboden zu entfernen. Danach musste er wenigstens nicht mehr Traktor fahren.

In der Schule gähnte er die meiste Zeit, lernte nichts und bekam trotzdem das beste Zeugnis, allerdings las er alles, was ihm unter die Finger kam. Ein Paradies war die alte Bauernhofwaschküche, in der Unmengen von Zeitungen gestapelt waren. Vor allem die Fußballberichte hatten es ihm angetan. Im Jahre

1963 war er immerhin schon Spezialist in den Meisterschaften der 50er-Jahre.

Der Puma lebte bei seinem Vater und der Österreich-Rikki in einem Dachkammerl, wo Jahr für Jahr ein weiteres Bett mit einem schreienden Balg hinein geschoben wurde. Bald waren sie zu sechst und das Gewurle war höchst konzentrationsraubend. Der Puma schweifte ab, seine Gedanken verließen die reale Welt, er bestieg seine Bücher und nur der Tiger konnte ihn ab und zu und das meist sehr unsanft zurückholen. Sein Bruder Tiger war aber auch sein Schutzschild. Wenn Hasenfranz junior ausrastete, so zwei- bis zehnmal am Tag, war es meist der Tiger, der das volle Fett abbekam. Zwar blieben für den Puma noch immer genug Prügel über, doch den Hauptteil hatte schon der Tiger abgefangen. Sie entwickelten dadurch eine hochkomplizierte und feine Technik des Verschwindens und des Unsichtbarmachens. Doch um Punkt sechs Uhr abends mussten sie zu Hause sein, da gab es Abendessen, das war Evangelium, sonst war die Familie nicht viel beisammen. Die erste Devise des Hasenfranz war: »Zerscht kummt da Betrieb, daun laung nix, daun i, daun die Rikki, daun meine Buam und daun erst ia Gfrasta.« Klare Verhältnisse also. Die Arbeit am Bauernhof wurde ergänzt durch die Hilfsarbeit im Sägewerk oder in der Zimmerei. Was können so kleine Pumas schon groß arbeiten in so einem Betrieb? Nun sie können zum Beispiel »Lan' schlicht'n«. Was ist das?

Landen sind Bretter, jeder Länge, Breite und Dicke – aus trockenem Holz, aus nassem Holz, aus Fichte, Tanne, Kiefer, Lärche, einheimisch oder tropisch. Manche waren so lang, dass wenn zwei kleine Pumas nicht aufpassten und einer so einen Laden losließ, es den anderen wie ein Oachkatzl durch die Gegend warf. Diese circensische Einlage mochte aber nur die Kinder erheitern, die Erwachsenen wurden nur noch grimmiger.

Das erste Schuljahr näherte sich dem Ende und der Puma freute sich auf die Ferien. Doch mussten der Tiger und er mit Schrecken feststellen, dass sie verschickt wurden, nach Wien zur ungeliebten Großtante Vesta.

Großtante Vesta oder von der Unmöglichkeit einen Monat lang von einem faschierten Braten zu leben

Gelb. Anstelle einer Personenbeschreibung von Großtante Vesta, müsste man nur »gelb« sagen – gelb für Neid, für Missgunst, sie war das gelbe Monster, Zerstörerin der Lebensfreude und Verderberin des menschlichen Zusammenlebens. Sie war auch eines der vielen Familienmitglieder der Familie Hasenfranz, die sich zu den Zukurzgekommenen zählte, da sie nach dem erfolgreichen Ableben ihrer vier Ehemänner (nacheinander), als Änderungsschneiderin in einer winzigen Meidlinger Gemeindewohnung Quartier bezogen hatte.

Woher kam dieser Frust? Hier müssen wir ein wenig ausholen. Der Hasenfranz senior hatte zwei Brüder und eine Schwester. Er war der Zweitgeborene und übernahm dennoch den elterlichen Bauernhof, da der Erstgeborene mit dem Schickelgruber seiner Wehrmacht ins ferne Russenlande zog, um dort die heimatliche Erde zu verteidigen, was der Russe aber gar nicht so toll fand und dem Erstgeborenen eine über den Schädel zog und diesen mitsamt dem Bauernkorpus in ein kommodes Soldatengrab versenkte. Später bezeichnete der Puma den Hasenfranz senior darob immer als Kriegsgewinnler, was dieser wieder nicht sehr freundlich fand und seinen Enkel mit allerlei herumliegendem Gerät bewarf oder bei Bedarf den senilen Bernhardiner von der Kette ließ. Der andere Bruder zog nach dem Krieg nach St. Kruzifix, bestritt dort Sandbahn- und Aschenbahn-Motorradrennen, heiratete die richtige Frau und zog einen schwunghaften Auto- und Motorradhandel auf.

Die Vesta zog nach Wien, gab sich dort dem Müßiggang und der Minne hin, heiratete vier Versager, die ihr noch dazu unter ihren geschickten Schneiderinnenhänden einer nach dem anderen abbankelten und wurde von Mann zu Mann immer gelber.

Mit dem Hasenfranz junior ging man eine Zweckgemeinschaft ein. Sie nimmt Puma und Tiger in den Ferien auf und bekommt deren Schmerzensgeld. Der Puma war zunächst schwer verwirrt. Durch seine bisherigen Reiseerfahrungen in familiären Angelegenheiten, glaubte er, schon wieder abgeschoben zu werden, noch dazu in dieses riesige Steinmonster von Stadt und er kam eine Woche aus dem Weinen und Brüllen nicht heraus. Dementsprechend entspannt waren Vesta und Tiger. Die Großtante hatte für die beiden immer hungrigen Landeier eine besondere Spezialität bereit. Einen riesigen, faschierten Braten, von dem sie ein Monat leben sollten. Die zwei Scheiben Fleisch pro Tag, verzehrten Tiger und Puma normalerweise im Vorbeigehen bei einem Jausentisch, also gesellte sich zu Heimweh noch Hunger und der tägliche Frust, jeden Tag irgendwo hingeschleppt zu werden und sich etwas ansehen zu müssen: »Sightseeing for Farmer Boys«.

Nach zwei Wochen hatten die beiden ihre Tante mürbe gemacht. Sie packte die beiden zusammen und fuhr mit ihnen in den Dunkelsteinerwald zurück. Das sollte den beiden Burschen aber nicht gut bekommen, denn nun hieß es Ernteeinsatz.

Der Tag begann mit Kühe, Kälber, Schweine und Hühner füttern, das mag vielleicht romantisch klingen, aber nach dem dritten Mal ist es nur mehr öd und stinkend und nervend.

Dann kam das beliebte Ställe ausmisten, die beschauliche Gartenarbeit wie jäten, umgraben, ausreißen, pflücken, binden, abreißen, hochklettern, sammeln und säen. Auf dem Felde gingen die Kleinen den Erntemaschinen nach und sammelten auf, was diese nicht erfassten oder verloren, in den Scheunen durfte man Säcke einschaufeln, Stroh und Heu bündeln und rechen, zwischendurch Hänge mähen oder sensen oder sicheln, später dann Fallobst sammeln und Most pressen, Fasseln tauben und rollen, Erdäpfeln und Rüben ausgraben und einschlichten und Wände, Zäune, Bretter, Latten streichen. Jede Arbeit für sich wäre idyllisch, aber soviel geballte Arbeit verdirbt nur den Ferientag und den Charakter. Jetzt wurden auch der Puma und der Tiger schön langsam mürrisch.

Und zu allem Überfluss hatte sich auch die Vesta noch eingenistet bei den Hasenfranz'.

Zu ihrem Gelb kam jetzt auch noch das Grün.

Grün für Intrige, für Zwietracht säen, für Unfrieden stiften, die ohnehin schon strapazierten Familienbande aufs Äußerste belasten und sie hielten dieser Feindseligkeit nicht stand.

Der Anlass war eine Nähspule. Der Puma hatte sein Leben

lang nachgedacht, was die Frau veranlasst haben könnte, diese Aktion zu starten, bei der der Tiger und er fast ums Leben kamen, so geschlagen wurden sie.

Eines Tages behauptete Vesta, jemand hätte ihr von ihrer geliebten *Singer*-Nähmaschine eine wichtige Spule gefladert und sie glaubte auch, die beiden Täter zu kennen, nämlich den Puma und den Tiger, da sich diese durch schamloses Kidnapping, für die Wiener Zeit rächen wollten. Die Anklage ward verlesen, die beiden Angeklagten durften keine Verteidiger benennen, es wurde ihnen ein Ultimatum gestellt, das sie jedoch nicht erfüllen konnten, da ihnen der Aufenthalt des Entführungsopfers gänzlich unbekannt war. Das Urteil wurde verkündet: Unbegrenzter Hausarrest und tägliches Prügeln mit dem Ochsenziemer. Nach einigen Tagen Folter konnte der Puma nicht mehr und legte ein falsches Geständnis ab, ohne dass sich ihre Situation dadurch dramatisch verbessert hätte. Erst durch Intervention der Großmutter konnten sie befreit werden, damit sie wenigsten nicht mehr blau und grün geschlagen waren, wenn sie in die Schule mussten.

Der faschierte Braten hatte sie also eingeholt, nur waren sie jetzt die Faschierten.

Der Puma hatte diese Zeit nie mehr vergessen. Als er vierzehn Jahre später nach Meidling in die Kaserne einrücken musste, besuchte er die Vesta in zweihundertvierzig Tagen kein einziges Mal, obwohl ihre Wohnung nur dreihundert Schritte entfernt lag.

Die schwefelgelben Winde

Die schwefelgelben Winde
Sausen über das Land
Und versuchen
Die Gehirne zu
Vergiften

Das Immunsystem sagt: Keine Bange
Wir werden diesen Angriff
Austaktieren.

Wir stellen uns tot,
dann glauben die Bazillen…
und tun uns nichts…

Wir fürchten uns
vor uns selbst
vielleicht sind wir
der große *gelbe* Schas?

Der Puma und der Tiger auf der Streif, Cassius Marcellus Clay wird Boxweltmeister im Schwergewicht und unser Held macht dem Landeshauptmann Figl das Leben schwer

Der Februar 1964 war ein Bilderbuchwinter im Alpenvorland. Stumm und seine Umgebung sowie der Dunkelsteinerwald versanken im Schnee. Nur des Großvaters Riesentraktor, der *Man*, konnte noch fahren. Die Erwachsenen hatten alle Hände voll zu tun, sich gegenseitig zu helfen, zu retten und zu bergen und so konnten sich die kleinen Pumas in ihre Schneemärchenwelt verzupfen.

Da stapfen sie die vier kleinen Schneewichtelmänner, mit ihren handgeschnitzten Fassldaubenlatten, genannt Skier, ihren klobigen Lederstiefeln, in denen hinten Rillen geschnitten waren von scharfen Messern, wo das Seil von der Bindung befestigt werden konnte. Man war fest verankert in diesen Geräten. Eine Sicherheitsbindung. Mit Sicherheit konnte man da nicht heraus.

Vorneweg spurte der Tiger, der unerschrockene Hase, der todesmutige Anführer. Sie liefen durch einen Hohlweg, kamen auf ein kleines bewaldetes Plateau, überwanden einen vollgeschneiten Graben und einen vereisten Zaun und standen vor einem fast senkrechten Abgrund. Weit unten sah man den zugefrorenen Mühlbach und ein paar Schrebergartenhäuser und viele Bäume. Die Ansprache der Wichteln war immer die gleiche: »Do traus'de nie owe!« Hasenfranz der Jüngste – unser Tiger – reagierte immer Pawlow'sch: Die Stöcke unter die Arme, wie der Karli Schranz in Megève, die Beine gewinkelt, wie der Toni Sailer in Cortina d'Ampezzo und der Blick irre, wie der vom Fredl Matt in Kitzbühel, stürzte er sich den Abgrund hinunter, eine Schneewolke verhüllte jedes Mal das Drama – zerbrochene Skier, zerstörte Zäune, zerrissene Kleidung, ausgeschlagene Zähne, blaue Augen, verstauchte Gliedmaßen, doch immer tauchte der Tiger mit strahlenden Augen aus dem Schneeinferno auf – er war ihr Held.

Die Winter waren ihr Paradies. Die Arbeit schlief und die Erwachsenen hatten nicht viel zu melden. Tagelang streifte die kleine Karawane durch die Felder, Wiesen, Wälder und Auen, bewehrt mit Rodeln und Schlitten und jedweden Holztrümmern, die man nur halbwegs zur Fortbewegung auf dem Schnee gebrauchen konnte. Sie traten sich ihre Pisten selbst, steckten sich Slaloms und Abfahrten, stoppten ihre Zeiten und stritten stundenlang um Sekunden und deren Bruchteile. Wenn ihnen ganz mutig war, bauten sie Sprungschanzen und testeten, wie lange sich Mensch und Material den Gesetzen der Physik und Medizin verweigern konnten.

Cassius Marcellus Clay tänzelte wie ein Schmetterling und stach wie eine Biene. Der Gestochene war eines von fünfundzwanzig Kindern eines Tagelöhners aus Arkansas, der hässliche Bär Sonny Liston.

Bei einem anderen Taglöhner, dem Traktorfahrer des Hasenfranz senior, saßen die Skiwichtel und tranken wunderbare heiße Kakaomilch von der Frau Zehentbauer liebevoll zubereitet und hörten im Radio die Boxübertragung.

Sonny Liston verweigerte in der siebenten Runde die weitere Mitarbeit, nahm dankend die Gage und der Clay war zu den Sternen aufgestiegen. Die Wichteln taten erwachsen und waren unendlich begeistert.

Der Puma war weniger begeistert. Die Schule begann wieder und man setzte ihn wieder mit all den blökenden Schafen zusammen, sie wurden alle über einen Kamm geschoren, egal wie weit sie in ihrer Entwicklung waren. Begabung wurde zumeist als Behinderung angesehen und störte das nivellierende Gesamtbild der Klasse. Sie wurden in genialen Fertigkeiten unterrichtet: Schönschreiben und Merkwörter schreiben. Der Puma hatte allerdings bei der Frau Robinson genug Holz gesammelt, um sein intellektuelles Feuer am Brennen zu halten.

Im dritten Schuljahr wurde die neu gebaute Volksschule in Zenobach feierlich eröffnet. Die Kinder und Enkel der Honoratioren waren dazu auserwählt, Gedichte aufzusagen und Blumen zu überreichen. Der Landeshauptmann Figl war als Ehrengast angesagt und der Puma lernte einen Vierzeiler auswendig, den er bei der Generalprobe auch noch mühelos über die Rampe brachte, bei der Uraufführung stand er jedoch mit offenem Mund vor der Festgemeinde und dem lieben Herrn Landeshauptmann. Sein Mund wäre heute noch geöffnet, hätte ihn nicht der Figl von Österreich auf seine Schoß genommen und ihm mit einem Zuckerl den Kinnladen geschlossen.

Da saß er nun und blickte in das Gesicht dieses freundlich lächelnden, älteren Herrn, mit seiner lustigen Brille, den gütigen Augen und dem seltsamen Bärtchen. Der scharfe Schnapsatem des Landeshauptmanns machte ihn schläfrig und er hätte ihn fragen können, wenn er es gewusst hätte: »Sagen sie Figl, warum habt ihr 1934 mit Kanonen auf die Arbeiter im Karl-Marx-Hof geschossen?«

»Sagen sie Figl, haben sie nicht vielleicht aufs falsche Pferd gesetzt, als Ihr Euch mit den Dollfuß-Faschisten zusammengetan habt. Das war wohl der Untergang Österreichs?«

»Sagen sie Figl, wie war das mit der legendären Rundfunkrede 1945. Ist die wirklich nachträglich gefälscht worden?«

»Sagen sie Figl, wie war das mit der Kukuruzwette mit Nikita Chruschtschow? War seiner wirklich größer?«

»Sagen sie Figl, haben sie die Russen in Moskau bei den Staatsvertragsverhandlungen unter den Tisch getrunken?«

»Sagen Sie Figl, hat man Sie wirklich aus dem Bundeskanzleramt gemobbt, weil Sie zu den Sozis viel zu freundlich waren?«

»Sagen sie Figl, haben sie aus den Erfahrungen der Konzentrationslager Dachau und Mauthausen gelernt? Nie wieder Krieg? Nie wieder Faschismus?«

Doch was sollte so ein kleiner Puma nur fragen, der soeben versagt hatte und nichts wusste. Im dritten Schuljahr wusste niemand mehr nichts, selbst der Lehrer nicht. Dieser war ein gar seltsames Original. Später sollte der Puma von der Maria Theresianischen Schulreform lesen, die aus Ermangelung an ausgebildeten Lehrern einfach ausgemusterte Frontsoldaten in die Klassen stellte, Hauptsache es herrschte Disziplin. Und solche bekamen sie nun zuhauf. Der Merkwörter-Freak hatte nur ein Bein und ließ sie das ganze Jahr Merkwörter von der Tafel abschreiben. Der Puma driftete vollkommen in eine Scheinwelt ab. In der vierten Klasse, wo die Weichen für den zukünftigen Gymnasiumsbesuch gestellt werden sollten, hatten sie einen noch größeren Versager als Klassenlehrer. Der Freak sprach unentwegt vom Krieg, erzählte ihnen Schauermärchen, was die bösen Franzosen, Schweden, Türken und Russen alles so angestellt hätten in ihrem schönen Heimatlande und als Abschluss jeder Stunde sprang er auf eine Bank und zeigte ihnen mit Verve, wie er und Heydrichs Mörderbande Prag plattgemacht hatten.

Zu Hause wurde dem Puma angedroht, wenn er nicht spurte: »Waunst deppat bist, kummst noch Mök.«

»Mök« ist gleich das Internat des Stiftsgymnasiums Melk und so bekam das an sich lockende Gymnasium, für den Puma eine abschreckende Dimension, er brauchte sich jedoch keine Sorgen machen, da der maschinengewehrschwingende Volksschuldirektor andere Pläne mit ihm hatte und diese führten ihn in die Hauptschule nach Eben.

Franz

Der langgezogene Schrei hallt
über das *Votsalaki'sche* Meer.

Ein Bruder hilft die pythagoräische
Ohnmacht
in einen überquellenden
Becher zu füllen.

Eine ratlose Ölfrage führt
in die serpentinenreiche Irre.
Die schwammigen Antworten
ähneln dem Wetter.

Hitze und Kouros rauben
mir gleichermaßen den Atem.
Schöne Scheiße,
das mit dem Atmen,
Franz

Der Puma, die Frau Salome, die Eier und das Kätzchen oder wie unser Held zum ersten Male ins Waldviertel blickte

Ein Märchen – Stumm lag auf zwei Ebenen. Das *Untere Dorf* bestand durchgehend aus Bauernhöfen, die entlang der Straße aufgefädelt waren, dem Greißler, den zwei Gasthäusern, einer Schmiede, dem Dorfbrunnen, nebenan lag das Feuerwehrhaus. Dahinter erhob sich ein großer Felsen, auf dem der Hasenfranz'sche Bauernhof thronte, die Straße weiter wieder einige Bauernhöfe und abschließend das Hasenfranz junior Sägewerk. Mitten im *Oberen Dorf* befand sich ein heruntergekommener Bauernhof, der nicht mehr bewirtschaftet wurde. In ihm lebten unzählige Hühner, die frei herumlaufen, alles anscheißen und die Eier hinlegen konnten, wo es ihnen beliebte. Das Haus war genauso verwahrlost wie der Hof, immer abgedunkelt, es konnte auch sein, dass die Fenster so dreckig waren, dass niemand mehr herein- oder hinausschauen konnte. Überall lagen schwere Teppiche, die Möbel waren mit ehemals teuren Stoffen bedeckt, die jedoch durch die Hühner schwer in Mitleidenschaft gezogen wurden.

Die Herrscherin in diesem Chaos war die Frau Salome, doch war »herrschen« nicht ganz der richtige Ausdruck, da die Frau Salome von einer nicht enden wollenden Depression geplagt, ihre Tage und Nächte vornehmlich nur mit einem schon etwas mitgenommenen Schlafrock bekleidet auf einer riesigen Couch verbrachte. Um die Frau Salome rankten sich gar wunderliche Geschichten.

Sie sei die Geliebte von ehemals mächtigen Herren, gar dem Grafen gewesen, habe Liaisonen mit berühmten Dichtern und Philosophen gehabt, sei um die ganze Welt gereist, habe große Vermögen verjubelt und sich mit dem letzten Notgroschen, den Stummer Bauernhof gekauft und verbringe hier ihre letzten, jedoch noch gar nicht so alten Tage. Sie war jedoch derart verwahrlost, dass niemand ihr genaues Alter schätzen vermochte, was aber auch nicht verwunderlich war, da sich die Erwachsenen, der Frau Salome grundsätzlich nicht näherten, sondern nur deren Kinder. Und wenn überhaupt, wurden vornehmlich Knaben von Erwachsenen zu ihr geschickt, nämlich wenn sie Eier brauchten.

In Stumm wurden außerordentlich viele Eier gegessen. Man aß Eier zum Frühstück, zur ersten Vormittagsjause, zweiten Vormittagsjause, natürlich zum Mittagessen, zwischendurch, zum Abendessen, man buk und kochte mit ihnen, ja die Buben schlürften sie sogar roh, der Eierlikör war ein beliebtes Dorfgetränk. Stumm war schlichtweg die Hochburg des Cholesterinverbrauchs und wenn einem die eigenen Eier ausgingen, ging man also zur Frau Salome.

Im Dorf kursierte unter den Buben eine Geschichte. Die Frau Salome habe ein Kätzchen, das man jedoch nie im Freien sah, es sei ihr ein und alles, sie hütete es wie einen Schatz und man durfte es nur sehen, wenn man zu dem Eiergeld, das man ihr immer neben den Kopf auf ein Tischchen legen musste, noch ein Extrageld dazulegte. Die älteren Burschen machten sich einen Spaß daraus, diese Geschichte mit gruseligen Elementen auszumalen und so fürchtete sich jeder Eiernovize, vor dem ersten Frau Salome Besuch und eines Tages erwischte es auch unseren Puma.

»I brauch zwanzig Eier, Puma«, sagte seine Stiefmutter, »lauf schnell zur Frau Salome.«

Dem Puma gruselte. Nicht genug, dass er die Eier im ganzen Bauernhof zusammensuchen musste, was einige der Hühner ziemlich aggressiv werden ließ, er betrat ungern dieses gespenstige Haus. Als er die Eier beisammen hatte, überwand er sich und setzte vorsichtig einen Fuß ins düstere Gebäude. Im Vorzimmer lag eine Menge Gerümpel, fein säuberlich von Spinnweben und Hendlkot umrankt. Die Küche schaute aus wie die Höhle eines Trolls, Grünspan und Schimmel wechselten sich ab und nun betrat er das Wohnzimmer. Da lag sie die verwunschene Königin der Nacht. Sie schnarchte und brabbelte unruhig im Schlaf, der Morgenrock war ihr den Körper hinaufgerutscht, ein verdreckter Schleier bedeckte ihre Blöße, die schmalen Schenkel schimmerten weiß im Halbdunkel des Raumes.

»Frau Salome«, flüsterte Puma ängstlich.

»Er wollte sein Frühstück immer ans Bett haben, mit zwei Eiern«, krächzte Frau Salome im Schlaf.

Der Puma setzte sich auf einen Schemel, seine Neugier hatte die Angst besiegt.

»Genau so blöd wie sein Hund – immer am Pelz schnüffeln«, Salome sprach Rätsel für Puma, »von welchen Sternen sind wir hier einander zugefallen, er war halt verliebt in mich.«

Der Puma bekam runde Ohren.

»Das grässlich rote Vieh und da war er auch noch stolz darauf, ich glaub er muss Austern gegessen haben oder so etwas«, schluchzte der Diwan.

Dem Puma wurde warm.

»Du kannst Lord Byron zu mir sagen und hat mir ein paar Gedichte geschenkt«, Salome zuckt im Schlaf zusammen, »ich brauche 10 000 Pfund und weg war er«, sie schluchzte laut auf.

Puma wimmerte mit der verhärmten Schönen.

»Dieses dürre, schmutzige, übel riechende Äffchen mit ihren falschen Brüsten, hat er mich angeschrien«, Frau Salome zitterte nun am ganzen Körper.

Der Puma schwitzte mittlerweile.

»Dann bin ich beim Apfelpflücken vom Baum gefallen und du warst weg, bevor ich ja sagen konnte, ja ich will – Ja!«, Salome verstummte und der Schleier fiel zu Boden.

Und nun sah der Puma das vielgerühmte Kätzchen. Es war zwischen den Beinen der Frau Salome versteckt, doch war es schon eher eine ausgewachsene Katze, mit einem riesigen dunklen Pelz, ein bewaldeter Hügel, wie der Dunkelstein, der sich hinter Stumm mächtig aufrichtet. Die Stirn der Katze war gekrönt mit einem kleinen weißen Dreieck und unter diesem Dreieck, ja da war sie die Katzenzunge, rot und feucht schimmernd und auf ihr saß eine kleine Perle.

Der Puma verspürte ein seltsames Gefühl in den Nieren, oder war es tiefer, doch bevor er seinen Nordpol ausrichten konnte, schleuderte eine Hühnerschar ins Zimmer, er raste hinaus, vergaß die Eier und konnte die nächsten Wochen nur mehr ans Waldviertel denken.

Ich mag Gummi

Latex komm an meine Seite
Ich mag Gummi
Holz und Scheite

Judit und Mercedes laben
Sich an meinen
Kunststoffgaben

Doch beim ersten Pinselstrich
Blökt Mercedes:
»Ohne mich!«

»Aber Mädchen«,
sag ich leise,
»ich mag Gummi
auf der Reise!«

Mercedes ist schon
lange weg
als Judit erst die
Beine streckt.

Der Puma begegnet Ali, Hamdija und anderen Gastarbeitern und muss feststellen, dass diese Arbeiter nicht als Gäste behandelt werden

Großvater Hasenfranz senior brüllte über den Rundholzplatz: »Wir brauchen Hackler!« Er lag neben einem Bloch, das er soeben mit seinem Bein gestoppt hatte, um einem seiner Enkel das Leben zu retten, als es auf sie zurollte und blutete aus allen Poren.

»Was mache ich nur auf dem Holzplatz?«, jammerte er, »ich bin doch der Chef!«

Nun waren aber Hackler rar. Da hatte man sich so schön bemüht, den Braunauer Vollidioten Schickelgruber, Europa zerstören zu lassen, dabei aber nicht bedacht, dass für den folgenden Wiederaufbau und das damit verbundene, so genannte Wirtschaftswunder, die dafür nötigen Arbeitskräfte, als tote Soldaten und Zivilisten, verlustig gehen würden. Es wurde geraubt, geplündert, versklavt, Kriegsgefangene und Zwangsarbeiter verschleppt, KZ-Häftlinge rackerten sich zu Tode und wofür, dass man zwanzig Jahre später mit einem Berg Arbeit und ohne Kräfte dastand.

»Holts die Rettung«, schrie der alte Hasenfranz und meinte nicht nur sein Bein, sondern auch seine Bilanz. Und es wurde geholt.

Hasenfranz junior und seine Braut Rikki die Zweite flitterten in Mazedonien. Sie fuhren mit einer umgebauten VW-Pritsche, auf der sie ein Dach montiert hatten und zwei Bänke und einen Tisch hineingestellt hatten, auf den Balkan und holten von dort sechs junge und kräftige Männer. Es waren die ersten Gastarbeiter weit und breit, doch im Gegensatz zu dem ersten Gastarbeiter in Deutschland, der ein Moped geschenkt bekommen hatte, so freudig hatte man ihn empfangen, konnten sich unsere Arbeitsimmigranten auch nach zwanzig Jahren noch kein eigenes Fahrzeug leisten, nicht einmal ein kleines Mofa.

Die sechs jungen Männer waren so genannte Sägehelfer und mussten die schwierigsten und schmutzigsten Arbeiten, die in einem Sägewerk anfielen, verrichten. Der Puma war solidarisch, da er nach der Schule und in den Ferien dieselben Frondienste leisten durfte.

Die alte Gesindekammer am Bauernhof wurde entrümpelt. In einen Raum mit drei mal vier Meter standen drei Stockbetten, ein kleiner Ofen, auf dem gekocht wurde und ein Vorzimmer mit Waschbecken, in dem die Arbeiter sich waschen konnten. Und doch hatten die Burschen immer prächtige Laune, waren höflich und freundlich, grüßten alle Leute überschwänglich und wie dankte es ihnen die Stummer Bevölkerung? Mit Schweigen, mit Unnahbarkeit, mit Ausgrenzung, mit Nichteinmalignorieren. Der Einzige, der seine Scheu überwand und zu den Mazedoniern hinging, war der Puma, selbst die anderen Wichteln konnten über die Riesenschatten ihrer stummen Eltern nicht springen.

Die Gastfreundschaft der sechs jungen Herren war enthusiastisch. Der Puma wurde mit den leckersten balkanischen Spezereien bewirtet, er las mit ihnen Belgrader Zeitungen, sang serbische Volkslieder und radebrechte mit Ali, Hamdija und Co in einer für ihn geheimnisvollen und mythischen Sprache. Die Wohnstatt der Gastarbeiter wurde ein weiterer Zufluchtsort für ihn. Niemand sah ihn, wenn er hineinschlüpfte, da die ehemalige Knechtsstube abgelegen lag und so musste er auch keiner Seele Rechenschaft ablegen über die gewonnene Völkerverständigungszeit.

Und so wurden auch die Stummer langsam reicher auf dem Rücken anderer Völker, wieder hatten sie nützliche Deppen gefunden, die ihnen die Drecksarbeit machten. Sie kamen aber nicht auf die Idee, die Verursacher ihres Reichtums, an einem Sonntag oder Feiertag einzuladen, mit ihnen mitzufeiern oder mitzuleben. Es ist schon ein gar seltsam Völkchen diese Stummer und Österreicher.

Hasenfranz senior hatte einmal voller Stolz erzählt, wie sein Vater einen französischen Kriegsgefangenen, der renitent geworden war, zur Raison brachte. Der schon alte, aber noch bärenstarke Mann, nahm den Aufmüpfigen und setzte ihn auf die glühende Herdplatte, bis dieser um Gnade winselte. Es wurde dies später auch die Nacht der gerösteten Eier genannt. Die Geschichte ging friedlich aus. Angeblich besoffen sich der Urgroßvater und der Franzose mit dem bärenstarken Most, den der Hasenfranzsche Keller hervorbrachte.

Nach den Kriegsgefangenen und Zwangsarbeitern, waren es die Knechte und Mägde, die einigen Stummern bei der Mehrung ihres Reichtums helfen mussten. Und so bestahlen einige wenige, viele andere. Es wurden bestohlen die Kinder, die armen Bauern, die Arbeiter, die Gastarbeiter, die Knechte, die Mägde, die Zwangsarbeiter, die Kriegsgefangenen. Dem Puma könnte da ein Ausspruch des seligen Daniel Spitzer einfallen, wenn er ihn denn schon kennen würde: Ein Mann, der an der Börse tätig war, sagte am Morgen zu seinen frühstückenden Kindern: »Kinda tats betn, euer Vota geht jetzt stöhln!«

Der Puma verlässt die Kindheit, die Regierung besucht Stumm, es wird Fußball gespielt und die Erwachsenen sind ziemlich nervös wegen des Jahres 1968

An einem nebeligen Februartag wird die Frau Salome in einem Zinksarg aus ihrem Anwesen getragen, man hatte sie erhängt aufgefunden, woher sie die Energie für diese Kraftanstrengung genommen hatte, war allen Stummern ein Rätsel, dem letzten sie besuchenden Jungen soll sie noch zugeflüstert haben: »Nur die Unglückliche stirbt am Hunger.«

Der Puma jedoch verließ das Reich der Kindheit; jenes Land des Absurden und Phantastischen, das es galt zu schützen und wo er doch so oft unbeschützt war. Der weise Peter Ustinov sagte später einmal: »Noch nie bin ich auf der Straße um eine Spende für Kernwaffen angebettelt worden. Dafür stellen die Regierenden genug Geld zur Verfügung. Aber unzählige Male hat man mir die Sammelbüchse für geschundene Kinder entgegengehalten.«

Dieses Missverständnis ist unser stotternder Weltmotor. Und noch ein weiser Mann, der Khalil Gibran aus dem fernen Libanon sagte: »Die Kindheit ist das Reich von Morgen, in das wir keinen Zugang haben.«

Für die Stummer sollte 1968 ein großes Jahr werden, sie hatten die Wolfshäute endgültig abgeschüttelt, sich motorisiert, das Fernsehen war in die Haushalte eingezogen, die kleineren Bauern hatten sich zu Maschinenringen und Erntegemeinschaften zusammengeschlossen, man baute ein neues Feuerwehrhaus, eine Betonbrücke über die Pielach und kaufte auf Raiffeisenkredit ein funkelnagelneues, modernes *Rosenberger* Feuerwehrspritzenauto. Es sollte alles an einem Frühlingssonntag, dem Florianitag am vierten Mai, eingeweiht werden. Zu diesem Behufe waren zwei Regierungsmitglieder eingeladen, zwei alte Parteifreunde von Bürgermeister Hasenfranz senior, der Verteidigungsminister und der Unterrichtsminister. Im Vorfeld wurde noch gestritten, wer die Patin des Spritzenwagens sein dürfe, die alte Gräfin oder Pumas Großmutter. Der salomonische Gemeinderatsentscheid verhalf beiden Damen zur Ehre, die mit einer jeweiligen stattlichen Spende verbunden war. Die Minister waren nach den offiziellen Festivitäten auf Hasenfranz' Hofstatt eingeladen. Die Kochkünste der Großmutter waren gourmetisch und gourmandisch über die Landesgrenzen berühmt, auch der Pfarrer Adriel befand sich unter den geladenen Gästen. Mitten in die Feststimmung hinein, erfuhren die Stummer, dass es zu massiven Gemeindezusammenlegungen kommen würde und auch sie ein Opfer dieser Reform wären und ihrer Gemeindehoheit verlustig gingen. Am heftigsten schmerzte sie, dass man sie mit der verfeindeten Nachbargemeinde Zenobach zusammenlegte.

Die darauf folgende Niedergeschlagenheit sollte die Stummer das ganze Jahr über nicht mehr verlassen. Melancholie im Dunkelsteinerwald – die Verwandten Trübsinn, Niedergeschlagenheit und Lebensüberdruss kamen zu Besuch, selbst der alte Hasenfranz konnte nicht mehr so richtig schreien. Früher sagte man von ihm, er habe eine so laute Stimme, dass sich beim Maibaumaufstellen der Baum von seinem Brüllen von selbst aufstellte. Keiner konnte wissen, dass die Lebensuhr des Hasenfranz senior zu ticken begonnen hatte und am Ablaufen war.

Den Puma kratzte das vorerst nicht. Die ferne Freiheitsglocke des Jahrzehnts schlug und einige Töne erreichten sogar das versteckte Stumm. Die Kinder begannen vorsichtig zu fragen und so erfuhren der Tiger und er, dass die freundliche Frau, die sie jeden Tag grüßten, ihre wirkliche Mutter ist. Die Ungarn-Rikki lebte mit ihrem Mann in einer Gemeindewohnung. Ihre Hauptbeschäftigung war jedoch noch immer, am Grunde der Flaschen das selige Vergessen zu suchen.

Die Buben hatten jedoch Wichtigeres vor. Sie hatten begonnen, ernsthaft Fußball zu spielen.

Das war in Stumm und Zenobach nicht selbstverständlich. Es gab keine Vereine, keine Sportstätten und keine Mannschaften. So wurde jede ebene Fläche zu einem Fußballfeld umfunktioniert, was zur Folge hatte, dass sie neben dem eigentlichen Ballspiel ziemlich in Bewegung gerieten, da sie natürlich von den Grundbesitzern nach kurzer Zeit als Ruhestörer, Rowdies, Flurschädiger und Tagediebe vertrieben wurden.

Ihr Motto war das der fernen Montevideoer Kinder: »Ob gewonnen, ob besiegt, wir haben uns gar prächtig amüsiert!«

Hasenfranz junior begleitete sie immer mit frommen Wünschen: »Wauns eich weht tat's, hauri eich de Haxn a nu o!«

Doch war das Sporteln die Sozialisation der Hasenfranzkinder. Sie wurden endlich in die Gemeinschaft der Dorfjungen aufgenommen, aus der sie vorher durch ihre Doppelaußenseiterrolle ausgeschlossen gewesen waren. Die Buben entwickelten ungeahnte Energien, sie organisierten Trainingsmöglichkeiten, schufen hinter der neuen Volksschule einen Übungsplatz, bauten in Eigenregie Tore und Zäune, besuchten den Bürgermeister und rangen ihm das Zugeständnis ab, im Winter in der Turnhalle trainieren zu dürfen, kurzum sie fühlten sich erstmals nützlich und wichtig. In jeder freien Minute spielten sie und rannten dem geliebten runden Leder nach, pumpten ihre Lungen mit dem wertvollen Sauerstoff voll, kräftigten ihre Muskeln, damit sie für das spätere Wirtshaus- und Lotterleben gerüstet waren.

Der Puma ging nun schon das dritte Jahr in die Ebener Hauptschule und so schlechte Lehrer er in der Volksschule gehabt hatte, so gute hatte er in der Hauptschule. Eine junge Lehrergeneration unterrichtete die Pumas mit modernen Lehrmethoden, die Gehirne der Landeier blühten richtiggehend auf. Man beschäftigte sich mit den Schülern nicht nur in der Unterrichtszeit, sondern förderte ihre individuellen Talente, auch in Freistunden und Wartestunden. Ihr Klassenvorstand lud sie zu sich nach Hause ein, um mit ihnen zu musizieren, zu singen, Schach zu spielen und in den Ferien oder an Wochenenden, machten sie Rad- oder Skiausflüge. So ging es in des Pumas Leistungsgruppe her. Sein Bruder Tiger hingegen ging noch in den C-Zug. Dort wurde noch immer geprügelt und geschrien. Der Tiger bekam regelmäßig Karzer, den er im zweiten Stock der Schule absitzen musste, was ihn animierte, zu einem Kletteräffchen zu werden und das ungeliebte Gebäude via Dachrinne, zu verlassen. Den darauf folgenden Mitteilungsbrief an die Eltern ließ dann der Puma verschwinden und so hatten beide ihre herrlichen Schwierigkeiten.

Dann ging es Schlag auf Schlag. Martin Luther King und Robert Kennedy wurden erschossen, Rudi Dutschke bei einem Attentat schwer verletzt, die Amerikaner verstrickten sich immer tiefer in den unseligen Vietnamkrieg. Die Studenten gingen weltweit auf die Straße. Die Welt war in Aufruhr. Das alles hätte die Stummer Bevölkerung nicht wirklich gejuckt, doch dann kam auf einmal wieder der Russ und marschierte in der Tschechoslowakei ein, wo die Panzer des Warschauer Pakts, brutal über ein junges Demokratiepflänzchen hinwegrollten. Jetzt war unser Dorf in heller Aufregung. Die Leute standen am helllichten Tag vor dem Fernseher, liefen dann auf die Straßen und diskutierten ihr nahendes Ende.

Der Puma spielte Fußball

Andreas Baader und Gudrun Ensslin steckten ein Kaufhaus in Brand und wurden verhaftet. Der Beginn des RAF-Mythos. In Frankreich bricht eine Revolution aus, die Regierung wird vom Maienwind hinweggefegt, in Griechenland übernimmt das Militär die Macht.

Der Puma spielte Fußball.

Im Iran starben zwölftausend Menschen bei einem Erdbeben, Jackie Kennedy heiratete Aristoteles Onassis, die Mondlandung wurde vorbereitet und unser Puma spielte Fußball.

Der Puma hat vom Dorfleben schön langsam die Nase voll oder Hasenfranz senior, The Beatles, Jimi Hendrix, Janis Joplin and Jochen Rindt are dead

Das Dorf war zur Zeit unseres Helden der Hort einer bestimmten Geisteshaltung, einer Gesinnung oder eher einer Besinnungslosigkeit, ein Denkfehler, eine Wartestation des Faschismus. Dort sammelten sich die letzten Kohorten, um gen das heidnische Rom – Verzeihung Wien – zu ziehen. Schon der Schickelgruber hatte das schamlos ausgenutzt und noch heute profitieren gewissenlose Landesfürsten von dieser Divisionsrechnung.

Die der Scholle Verhafteten schielen neidvoll auf die vermeintliche Freiheit der Städter. Bei anderen Gescheiterten ist die Provinz der letzte Zufluchtsort, der unfreiwillige Zielhafen, das Finale furioso der Enttäuschten, Frustrierten, Zuspät- und Zukurzgekommenen, ein Hameln für die Rattenfänger, ein fruchtbares Meer für Menschenfischer. Und unser Stumm war so ein Versuchslabor für extreme politische Ideen, durch seine Kleinheit hatte man einen wahrhaft mikroskopischen Blick auf die Befindlichkeit des ganzen Landes. Stumm war der Provinzparameter, das Barometer für politische Wetterumschwünge, die kleine Welt, in der die große Probe hält. In das Stummer Gebräu hing man den abgekühlten Tauchsieder hinein und zog ihn erhitzt wieder heraus. Gelt Cato!? In diesem Biotop schwamm der Puma jetzt heftigst gegen die Strömung, er pfiff auf soziale Bindungen, lungerte nach der Schule im Dorfgasthaus *Brecht*, mit dem Rudel und Odysseus herum und wollte Tischfußballweltmeister werden. In Stumm gab es zwei Wirtshäuser: Den *Lebert*-Wirt für die obere Schicht und die, die sich benehmen konnten, sowie den *Brecht*-Wirt für die Underdogs, Outlaws, Strizzis, Lebefrauen und Ehrenmänner. Für die Gastarbeiter gab es gar keine Gaststätte.

Der Rudel und der Puma wuzzelten wie die Irren, Odysseus lehnte am Wurlitzer. Rudel war in Dauerkarenz, seine angegriffene Leber erlaubte keine besondere körperliche Betätigung.

Der Puma war in den letzten Monaten in die Adoleszenz gekommen, ein Wachstumsschub hatte ihn auf eine ansehnliche Höhe gebracht, er war schlaksig und unsicher, das Dorfleben betrachtete er wie durch ein Brennglas und was er noch nicht wusste, erzählte ihm Rudel bei den langen Wuzzelturnieren.

Da ihn niemand ernst nahm, entschloss sich Puma ein Clown zu werden.

Österreich hatte Bruno Kreisky zum Bundeskanzler gewählt, eine späte Genugtuung für den Sozialisten, der von den Austro-Faschisten eingesperrt worden war und vor den Nazis ins Exil hatte flüchten müssen. Kreisky öffnete die Fenster der Hofburg und des Landes weit, damit endlich ein frischer Reformwind den Mief von 1 000 Jahren fortwehen konnte.

Der Puma hatte seine geliebte Hauptschule verlassen und wieder trafen seine Eltern die falsche Schulentscheidung. Er sollte in St. Kruzifix Banken- und Gemischtwarenkunde studieren. Vorher kehrte Hasenfranz senior dem schnöden Antlitz Stumms den breiten Rücken. Jahrelanges Most-, Bier-, Wein- und Schnapstrinken bescherten ihm eine elegante Wassersucht, die er hingebungsvoll mit seinen Trinkbrüdern und Pfarrer Adriel hegte. Bei seinem Begräbnis verließen die letzten Trauergäste den Hasenfranz'schen Bauernhof erst als die ersten der Trauerkolonne schon im zwei Kilometer entfernten Zenobach ankamen. Er hätte es so geliebt, dieses Fest.

Der Puma flüchtete zu seiner Großmutter. Jetzt war er wieder der einzige Mann in einem Haushalt, lebte wie ein Pascha, vergnügte sich vor der Glotze mit der Fußball-WM 1970 in Mexiko. Er kniete vor den brasilianischen Ballzauberern, er entdeckte die *Beatles* und fieberte mit Jochen Rindt dem Gewinn der Formel 1-WM entgegen.

Die schönen Fräuleins des Dorfes fingen an ihm den Kopf zu verdrehen. Es war jedoch schwierig, den wachsamen Argusaugen der Großmutter zu entweichen, doch rankten sich an seinem Schlafzimmerfenster Weinreben empor, die er, Priapus sei Dank, als Steighilfe für allnächtliches Abpaschen benutzen konnte. Die Ringe unter seinen Augen nahmen bald bedrohliche Ausmaße an.

In den letzten Ferientagen dann die Schocks.

Als Odysseus »Let it Be« sang, gab es die *Beatles* schon nicht mehr und als er »Helter skelter« anstimmte, war Sharon Tate tot.

»Drive my car« röhrte Odysseus und Jochen Rindt zerschellte

in Monza.

»Im so tired« – Janis Joplin starb.

»Hapiness is a warm gun« – die Amis metzelten My Lai nieder.

»Blackbird« – und Jimi Hendrix erstickte.

»Nowhere Man« – Paul Celan tötete sich.

»Misery« – Der Puma musste in die Bank- und Gemischtwarenschule.

Schattenlachen

Der Tod wirft lange Schatten
Auf das vertriebene Lachen

Willkommen bester Orpheus
Nimm mich in deine
Langen, sanften
Codeinarme
Und

Wiege mich
wiege mich
wiege mich

bis ich leicht
genug bin
für die
lange
Überfahrt

Wehr Dich
LACHE

Der Puma besingt die Heilige Martha (frei nach den Beatles), raucht Nil und wird immer trauriger

Der Puma saß am Ufer des Zenobacherls, das munter vor sich hingluckerte, die Sommersonne schien frech auf sein wirres Haupthaar, während er heftig an seiner *Nil* zog und beide Lungenflügel mit St. Nikotin voll pumpte.

Er blies Trübsal und dachte an seine geliebte Martha.

Sie war die dritte und jüngste Tochter eines Buschauffeurs und der Tiger und Puma pilgerten täglich zu den Damen, um ihnen ihre Aufwartung zu machen und ihre Sympathie zu bekunden. Martha hatte einen wunderschönen dunklen Stummer Haarschopf, manche sagen dazu, »Granit, Gleis und Glimmer – die vergess' ich nimmer«, einen frechen Dunkelsteinerblick und einen durch viel Schwimmen und Gymnastizieren fesch geformten Körper. Ein echtes Renaissancefräulein also, eine Blumengöttin Flora, die man nur mehr in ihr rotes Gewand hüllen brauchte. Der Puma betete diese Schaumgeborene besinnungslos an.

»In the summertime, when the weather is fine«, quakte ihn ein Frosch an.

»Hau ab Mungo«, brummte Puma.

Der Puma war verliebt, er hatte sich eingelassen, in dieses chemische Experiment, in das jeder hineingerät, ohne je vorher gefragt zu werden. Er wusste nicht so recht wie ihm widerfahren war, nur dass er unbedingt in den Wald gehen musste, um wieder einen klaren Kopf zu bekommen. Jetzt warf er sich eine Wolfshaut um und war verschwunden, am 29. Juli, dem Tag seiner Herrin: »Martha, mein Alles, ich verplempere die Tage mit zuviel Reden«.

Der Puma, der Clown, hatte in den letzten Tagen den Fremdenführer für die schwedischen Verwandten machen müssen und so seine Flamme vernachlässigt, die prompt mit dem ersten Mopedrocker, dem Wäudl, loszog.

»Doch bitte, erinnere dich Martha, Geliebte – vergiss mich nicht, Martha mein Alles.«

Der Puma hatte kein Moped, so schwang er sich auf sein Zehngangrad und war ihnen nachgefahren, auf den Dunkelsteinerberg, zugegeben eine reife Leistung, aber bis er oben angekommen waren, zischten Martha und Wäudl wieder los.

»Halt den Kopf hoch dummes Mädchen und sieh, was du angerichtet hast.«

Sie waren runter zur Pielach gefahren, der Puma ihnen nach im Wettlauf mit seinen Tränen der Wut, Felice Gimondi und Eddy Merckx hinter sich lassend.

»Wenn du mittendrin in dem Elend steckst – bedien dich ruhig von dem Zeug das rundum schwimmt – Dummes Ding.«

Der Wäudl war auf ihn zugegangen und hatte ihn in den Schwitzkasten genommen und das vor den Augen seiner Liebsten. Diese Schande!

»Sieh dich gut um – sieh dich gut um – du musst einfach merken – Dummes Ding.«

Die Martha hatte nicht gekichert, aber das merkte der Puma in seinem Schmerz nicht mehr, der einzige Bauer weit und breit, der ihn flachlegen konnte und der stand es sich auf seine Martha.

»Halt dein Pfötchen hoch dummes Mädchen, zeig was du getan hast – Bedien dich ruhig von dem Zeug das rundum schwimmt – Dummes Ding«.

Da war er in den Wald geflüchtet, um Zwiesprache zu führen mit den Altvorderen, die sich aber beharrlich ausschwiegen, nur die Frösche und Kröten spotteten ihn aus, die Schmetterlinge tanzten auf seiner Nase herum und eine Libelle schwirrte vor ihm auf und ab und sang:

»Martha, mein Alles, du warst für mich eine Eingebung – Bitte sei gut zu mir, Martha, du Geliebte. Vergiss mich nicht, Martha, mein Alles.«

Der Puma lag unter einer Kriechweide, als deren Kapselfrüchte sich öffneten und ihn schön weiß besamten. Auch die Natur verhöhnt mich, dachte er und stimmte den endgültigen Abgesang an:

»Martha du schönes Arbeiterkind, bist meiner Liebe nicht würdig. Ich hoff der Wäudl macht dir ein Kind, genauso falsch und räudig wie du Schlampe nur bist. Martha mein Herzensdieb. Ich hab dich nimmer lieb.«

»Evil women don't play your games with me.«

Der Puma kommt nach St. Kruzifix, lernt mit heißem Bemühn, jedoch erfolglos, die Banken- und Gemischtwarenkunde und findet ein Herz aus Gold

Ansage: »Wanderer, dir graut vor nix – warum graut dir vor St. Kruzifix?« Diesen Spruch hatte eine Fernsehansagerin zum Programmschluss im Fernsehen losgelassen und damit war auch ihre Karriere beendet.

Am ersten Schultag war der Puma noch von der Stiefmutter vom Bahnhof zur Schule begleitet worden, damit sich das arme Hascherl nur ja nicht verlief. Man hatte die Schüler in ein altes Schulgebäude gesteckt, dass den Bundesgymnasiasten als zu baufällig erschienen war, für den strahlenden Wirtschaftsnachwuchs musste es gut genug sein. Wenn es regnete, standen in den Klassenzimmern Wasserlacken und im Schreibmaschinkammerl flogen die Gru-Grus aus und ein. Der Puma hatte sogar schon eine Lieblingstaube auf seiner *Olivetti* sitzen, die ihm half, das Zehnfingersystem durch das Ein-Adlerauge-Suchssystem zu ersetzen, trotz alledem war er ein geschwinder Schreibmaschineschreiber und Stenografist, da er mittelleicht in seine Lehrerin verliebt war, die sich immer in ihrem Minirock derart auf den Lehrertisch fläzte, dass beim besten Willen nur an Verkehrsschrift und die richtigen Anschläge zu denken war.

Der Klassenvorstand, den sie seltsamerweise in den Morgenstunden hatten, war immer betrunken und musste von seiner Geliebten, einer anderen Lehrerin regelmäßig aus dem Koma erweckt und in die Schule gebracht werden. Wenn er dann munter wurde, versuchte er die Klasse auszurotten. Sein Spitzname war *Django*.

Dies war alles mit großer Mühsal beladen und deshalb suchte und fand der Puma Gleichgesinnte. Man hielt sich eher abseits des Schulbetriebes auf, vorzugsweise in Kaffeehäusern, Eissalons und Diskotheken, die für so einsame Schülerherzen schon frühtags geöffnet wurden.

Das Trimesterzeugnis mit einigen Fleck brachte ihm der

Klassenvorstand persönlich in den *Löwenkeller* nach und bewunderte ihn für seine Chuzpe. Der Puma hatte aber Djangos Ironie oder Sarkasmus nicht durchschaut und fühlte sich als ein großer Anarchist und Widerstandskämpfer. Er hatte keine Chance.

Als es wärmer wurde, verliebte er sich in *Brischitt*, die war eine seiner Mitstaglerinnen und lebte in einem südlichen St. Kruzifixer Vorort. Ihrem Haus gegenüber, befand sich das Domizil von Pumas Musiklehrer, einem etwa 100-jährigen Gitarrero, der ihm die Grundakkorde der Herren Karl Scheit und Fernando Sor oder die Läufe eines Konrad Ragossnig beibringen sollte. Der Puma verweilte jedoch lieber mit Brischitt auf deren Hollywoodschaukel, wo er mit den Zehen der Schönen spielen durfte und dieser auch ohne klassisches Studium, erstaunliche Töne hervorlocken konnte.

Dann kam wieder das übliche Verkehrsproblem, Brischitt lernte einen Automechaniker, mit *Opel Manta* kennen, der Puma war nur elektrifiziert und nicht motorisiert und schaute wieder traurig einer Braut nach, wie sie von dannen fuhr.

»Am Tag als Conny Kramer starb« und »Heart of Gold«, trösteten ihn im Eissalon *Fedrizzi* über den Verlust hinweg, er entdeckte die darüber liegende städtische Bibliothek, fraß sich durch deren Leseangebot und damit war sein schulischer Erfolg endgültig geliefert. Zu Hause log er, dass sich die Dachsparren bogen, er war eigentlich eh allen wurscht. Sie nannten ihn spöttisch den Studenten und er fühlte sich sauwohl in seiner Außenseiterrolle, was ihn aber noch mehr vereinsamen ließ. So durfte es nicht weitergehen, die Großmutter nahm sich wieder einmal des Verirrten an und ihn zu sich auf den Bauernhof.

Großmutter Hasenfranz war eine erstaunliche Frau. Sie war als gekauftes Mündel auf den Bauernhof gekommen, der Hasenfranz senior hatte sie mit sechzehn Jahren geheiratet, dann hatte die Frau den Bauernhof bewirtschaftet, die Männer waren alle im Krieg und sie hielt den Hof in Schuss. Als der Hasenfranz 1945 wieder auftauchte, ging er gleich mit ein paar Zimmerergesellen auf die Walz. Nach seiner Rückkehr baute sie mit ihm die Zimmerei und das Sägewerk auf. Daneben bekam sie drei Kinder, führte einen großen Haushalt und den riesigen Garten, kochte im Durchschnitt für 20-40 Leute, dreimal am Tag. Am Wochenende fiel die reiche Verwandtschaft aus St. Kruzifix bei ihr ein, um in ihrem gastfreundlichen Haus, von Freitag bis Sonntag zu völlern, immer war jemand zu Besuch, da der Hasenfranz in seinen vielfältigen Funktionen immer Leute zum Essen und Saufen mitbrachte und schließlich hatte sie auch noch den Tiger in Pflege genommen. Hasenfranz senior sagte zur Großmutter, wenn diese Wünsche nach freien Wochenenden oder Urlaub äußerte, mit sechzig könnten sie in Pension gehen und dann bleibe ihnen immer noch genug Zeit, das Leben zu genießen und zu reisen. Doch mit sechzig hatte sich Hasenfranz senior für immer verabschiedet.

Nun war der Puma der Mann am Hof.

Dort war Stille eingekehrt, die Äcker waren verpachtet, das Vieh verkauft, nur der große Garten wurde von Großmutter und Puma bewirtschaftet und die Scheißhendln durfte der Puma füttern und ausmisten. Hühnerarsch sei wachsam, »chickenass be watchful« wird später der begnadete Meister Ringsgwandl singen.

Doch Puma war nicht wachsam und so flog er mit Bomben und Granaten in der Schule durch, die Großmutter musste all ihre Überredungskünste aufbringen, damit er das Jahr wiederholen durfte.

Mittlerweile war unser Held anderweitig beschäftigt, er hatte viel aufzuholen, nicht schulisch natürlich. Wieder war eine Band von uns gegangen, ehe er sie entdecken konnte. Der unbegnadete Tom Fogerty hatte sich von den Creedance Clearwater Revival vertschüsst. Der Puma hörte Tag und Nacht nur John Fogertys geniale Kompositionen, mixte ein wenig »Brown Sugar« darunter, versuchte sich am »American Pie«, reiste in Gedanken nach Bangladesch und war ganz »Oye como va!«.

XX

Der Puma motorisiert sich, erobert die Wachau und lässt den Hasenfranz einen guten Mann sein

Jetzt war der Puma endlich motorisiert. Er nannte eine chromblitzende *MC-50* sein eigen, natürlich mit allen Extras: auf 65 Kubik aufgebohrter Motor, Hakellenker, schräge Sitzbank, hinaufgezogener Auspuff, damit in die Kraxen auch schön viel Regen fließen konnte und für das Kopferl ein silbern verchromter Sturzhelm. Und das alles hatte er sich mit den Scheiß-Sägewerkshilfsarbeiten erschuftet. Der Sturzhelm war Omas Lohn fürs Hendlstall ausmisten und Eier bergen.

»Renaissancefräuleins, wir kommen!«

Sie gründeten natürlich gleich eine Bande, eine Gang, eine Horde, eine Rotte und wollten der Schrecken der Gegend sein.

Die letzte große Schlacht zwischen einer Motorradgang aus Wien und den Eingeborenen hatte vor zwei Jahren in Entenbach nahe St. Kruzifix stattgefunden. Die Bauern waren mit nagelbewehrten Zaunlatten auf die armen Motorradlenker und ihre Beifahrer losgegangen und diese konnten sich nur mit Schlagringen und Ketten wehren. Die Legende spricht von Dutzenden Verletzten. Es ging als »The Battle of Entenbach« in die Annalen ein.

Der Bauernhof der Großmutter war sein Domizil, sie ließ im viel Auslauf, den Hasenfranz und seine Bagage sah er kaum und in die Schule ging er nur sporadisch, um seine vom Lotterleben angegriffene Gesundheit zu schonen. »Me and Julio, not down by the schoolyard«, hätte Paul Simon vielleicht gesungen, denn es waren herrliche Zeiten. Sie waren in ein Nebengebäude gezogen, die so genannte *Voest*-Baracke und die verdiente ihren Namen zu Recht. Ein Stahlgerüst, notdürftig verkleidet mit riesigen Fenstern, die man im Winter vor dem Unterricht nur fünfzehn Minuten zu öffnen brauchte, sodass sich die Heizung nie mehr erholte, die erforderten 16°C Untergrenze erreicht waren und die Pumas frei hatten.

Von den Banken, Versicherungen und Steuerkanzleien kamen scharenweise Scouts, um Schüler vor dem Abschluss abzuwerben, da die Wirtschaft dringend Kanonenfutter für den beginnenden Handelskrieg benötigte. Die so heftig Umworbenen, waren aber die Ersten, die bei der großen Ölkrise wieder hochkant hinausflogen.

Unseren Puma kümmerte dies alles nicht. Er hatte einen Französischlehrer, der ihm statt Französisch, Musik und Literatur nahe brachte, der ihnen den aufrechten Gang durch die Labyrinthe der Erwachsenenwelt lehrte und der ihnen Tricks zeigte, wie man mit einem Minimalaufwand und Crashlernen durch die Prüfungen kam.

Der Puma war jedoch auf »Easy Livin'« aus, mit Claire auf dem Rücksitz seines Asphalthobels, *Black and White* in der Satteltasche, einer lässigen *Flirt* filterlos im Mundelwinkel, rasten sie den Wolfsteingraben hinunter und fielen am Donauufer in das beschauliche Dörfchen Aggsbach ein. Dort gab es ein Gasthaus mit einer sensationellen Musikbox und unendlich geduldigen Wirtsleuten. Es war die Geburtsstunde von *Golden Earring* und ihrem Jahrhundertlied »Radar Love«. Wie oft kann oder darf man ein Lied in einem Wurlitzer wählen, ohne verhaftet zu werden? Antwort: Sooft, bis der Automat den Geist aufgibt. Sie tanzten zu »Revolution« von den *Beatles* und »Satisfaction« der *Stones*, die Nachmittage und Abende nahmen kein Ende. Das Gasthaus hatte einen Donauufergastgarten, der Kellner musste über die vielbefahrene Bundesstraße servieren. Die Personalfluktuation war sehr hoch. In dem ehemaligen Fährhaus hämmerte und sägte ein Dichter, die Kartause war stiller als erlaubt, der Vogel Jugend flatterte erregt über ihren Häuptern, die Zeit schien still zu stehen.

Der Puma geriet in Stumm auf ein Nebengeleise, er lebte neben den anderen einher, er hatte ebenso wie der Rudel und der Odysseus die Hauptstraße verlassen und stilisierte sich zum Aufklärer, er war ein einsamer Denker und Leser ohne großes Publikum, den Mächtigen gegenüber spöttisch, kritisch, satirisch, im Kampf gegen Dogmen, Mythen und Aberglauben.

Den Pfarrer Adriel fragte er einmal, wie das denn so gewesen sei, wer denn die Juden nun vergast hätte und wo die katholische Kirche damals war, darauf jagte der Adriel ihn vom Firmunterricht fort.

Denn in Stumm begannen sie jetzt schön langsam nach ihrer Vergangenheit zu graben, doch reichte der Blick weit zurück, damit es niemand wehtun konnte, keiner Rechenschaft ablegen musste. Man grub nach den Gräbern der Kelten, nach den Straßen der Römer und hätte ihnen es jemand eingeredet, würden sie auch nach ägyptischen Mumien und Sarkophagen suchen oder nach dem letzten Mohikaner forschen.

Der Puma ist der Meinung, dass nichts passiert, geht Most trinken und muss feststellen, dass ganz schön was los war

Jetzt war schon wieder nix passiert. Die Tage tröpfelten zähflüssiger dahin als chinesische Folter, die Schule wirkte wie ein Glassturz, der sie vom wirklichen Leben abkapselte und Pumas soziale Stellung im Dorf wurde immer kurioser. Er, der Unternehmersohn, Student, Hilfsarbeiter, Bauernhofbewohner, Adoleszent und selbsternannte Aufrührer war im Begriff eine Splittergruppe der Baader-Meinhof-Gruppe zu gründen. Er nannte diese Truppe »Dunkelsteiner Heimatbewegung«, doch bewegt war noch gar nichts. Erstens fehlte ihm das Personal, zweitens das ideologische Fundament und schließlich der Ernst, den solche Unternehmungen erfordern. Es genügte aber vollkommen, um die Stummer und vor allem seine Familie gegen ihn aufzubringen. Er lernte, wie leicht es ist, die Spießbürger aus ihrer selbst erwählten Ruhe und kommoden Sattheit zu reißen und spielte diesen Trumpf hinfort oft genug aus.

In diesen prekären Tagen fand er einen tollen Freund. Obwohl sie seit ihrer Geburt im selben Ort aufwuchsen, hatten sich ihre Wege selten gekreuzt. Dobbin war der Sohn vom Postbeamten. Dies war für Hasenfranz junior ein Umgangsverbot wert, um das sich der Puma einen feuchten Unrat scherte.

Dobbin ging ins Gymnasium, war aber im Begriff eine Buchhändlerlehre anzustreben und so überquerten sie gemeinsam mit Einstein die Elbe bei Hamburg, spielten Billard um halb zehn, hatten Ansichten wie Clowns und schlugen gar heftig die Blechtrommel.

Nach eingehender Lektüre waren sie sich einig den lieben Stummer Mitbewohnern, geschichtlich ordentlich auf den Zahn zu fühlen, da sie jedoch nicht in die heiligen Stuben der Verdränger platzen wollten, begannen sie mit ihrem Projekt an öffentlichen Orten und in Ermangelung einer Bedürfnisanstalt und nach Stilllegung des Dorfbrunnens, führte sie ihr erster Weg zum Mostheurigen des Egilof.

Das war vielleicht einer. In jungen Jahren ein revolutionärer Sozialist, ging er flugs zu den Hahnenschwanzlern, wendete sein Blättchen bald den Leutchen zu, von denen man einen Schilling bekam, wenn man mitmarschierte oder ein wenig Ordnung machte, falls ein gegnerischer Saal bei einer Veranstaltung außer Rand und Band zu geraten drohte. Nach dem zweiten Großen Krieg, fühlte er sich bei den Kummerln wohl und in letzter Zeit liebäugelte er mit dem St. Kruzifixer Bischof. Er war Heurigenwirt und produzierte einen Most, der die Stummer aufblühen ließ, sie gerieten bei dessen Konsumation ob ihrer Groß- und Einzigartigkeit ins Schwärmen. Mit großspurigen Gesten beschrieben sie ihr kleines Leben, um es dann doch nur in den Gemeinschaftsabort zu reihern. Laut Egilof war dieser Most jedoch das Rückgrat des Dorfes.

»Wer kan Most trinkt, der is kraunk«, war sein Leitspruch und er hatte ja wahrlich Recht, denn schon die Kräuterhexen und -pfarrer waren sicher, dass der Most gut ist für die Brüste. Unsere jungen Helden schielten auf die anwesenden Damen und gaben ihnen Recht – stärkt das Herz, besser wäre den Charakter, doch was soll man mit dem und einem schwachen Herzen. Der Most befeuchtet wohl, löscht den Durst und dient wider die Schwermut. Sie sahen sich wieder um. In einer Ecke saßen der Rudel und Odysseus und bliesen mit einem Riesenkrug Trübsal.

Der Egilof war außerdem Kunstmaler, sein Heuriger war gleichzeitig eine Galerie, die Motive seiner Bilder waren einfach, je nachdem, wem er sich anbiedern wollte. Man sah verdiente Leute in spendablen Posen, den Grafen beim Gehuldigtwerden, den Pfarrer und Bischof beim Segnen und Einweihen, diverse Politiker vom Bürgermeister aufwärts bis zum Landeshauptmann beim Eröffnen und viele Stummer beim Verrichten ihres harten Tagwerks. Der Hintergedanke Egilofs – wer gemalt ist, kauft auch – vor allem, wenn er genug Most intus hat. Unseren Helden fiel bei genauerer Betrachtung der Bilder auf, dass die honorigen Männer alle ein kleines stilisiertes Bärtchen ihr eigen nannten, das dem herrlichen Charlie Chaplin entlehnt worden war, aber als Zitat sicher auf einen anderen, nicht minder berühmten Herrn gemünzt war, der aber im Gegensatz zu Charlie nicht viel Gutes über die Welt gebracht hatte.

Odysseus sang nicht. Ein sicheres Zeichen, dass etwas faul war im Staate Egilof.

Der Wirt kam an Dobbins und Pumas Tisch und drängte ihnen einen Freikrug Most auf.

»Do wiad oba de Hosn blodan«, dachte der Puma insgeheim, während Dobbin Egilof in die Mangel nahm. Er nannte ihn Mitläufer, Windrad, Wendehals, Opportunist, Erfüllungsgehilfe, Ja-Sager, williger Vollstrecker und nützlicher Idiot.

Egilofs Reaktion: »Wüllst gmoit wean, Klana?«

Dobbin war sprachlos, doch der Puma sprang in die Bresche und sagte: »Man kann sich ja irren, aber nicht so oft und wenn man sich einmal geirrt hat, könnte man ja immer noch Widerstand leisten, es steht doch geschrieben, was kümmert mich meine Blödheit von gestern?«

Egilof: »Du muasst nu vü leana, Großa!«

Den nächsten Krug zahlten sie sich selber. Rudel war inzwischen unter den Tisch gesunken und Odysseus sang noch immer nicht.

Der Puma und Freund Dobbin sahen wie Egilof zwei Bartbilder an St. Kruzifixer Besoffene verkaufte und tranken vor Ekel noch einen Krug aus. Um Mitternacht wankten sie von dannen und konnten sich an nix mehr erinnern.

Sie konnten sich nicht erinnern, dass diese Nacht noch in Egilofs Heurigen eingebrochen, die Bilder verunstaltet und die Bärtchen durch Hakenkreuze besetzt wurden.

Es war wieder einmal absolut nichts los in Stumm.

Der Puma fotografiert eine Hochzeit, spricht mit den Fischen und findet ein Herz im Sommer

Der Puma war wieder auf seinem Schicksalsberg, dem Chotvich gelandet. Der Rennfahrer hatte geheiratet. Sein Großcousin, der Playboy und inoffizielle »Formel Volkswagen« Rennfahrweltmeister, war endlich unter die Haube gekommen und dies zelebrierte der Clan ausgiebigst in Göttweig. Zum Festgelage war man runter nach Dürnstein, auf die andere Wachauseite gefahren und tafelte ausführlichst im *Richard Löwenherz.*

Unseren Helden hatte man zum Fotografen gemacht und er stolzierte mit seiner *Camera obscura* durch die Festgemeinde, was ihm aber bald zu blöd wurde, da die Clanmitglieder immer betrunkener wurden und in seine Linse sabberten, feixten, grinsten und grimassierten, dass es nur so eine Unfreude war für einen Bildkünstler. Er ließ die Herren Daguerre und Eastman im Halbdunkel des Festsaales zurück und verpfiff sich auf die Donauterrasse.

In einem Süßwasseraquarium schwammen die armen, knapp vor dem Verzehr befindlichen Donaubewohner, der Puma sah verwandte Seelen und beschloss, ihnen in den letzten Stunden beizustehen.

Er erzählte ihnen das Seemannsgarn des Zollinspektors Hermann Melville, wie dieser als 13-Jähriger das Pelzgeschäft des verstorbenen Vaters übernahm, um die Familie, Mutter und sechs Geschwister zu ernähren, pleite ging und sich schließlich auf einem Walfänger verdingte. Das Essen ein Hundefraß, die Behandlung schlechter als in einem Sträflingslager, desertierte Melville mit einem Kameraden, versteckte sich bei Eingeborenen, kam vom Regen in die Traufe, da diese ihn und seinen Gefährten als Gefangene hielten. Sie flüchteten auf ein Schiff, dort war der Umgang noch unhöflicher, wieder wurde gemeutert, dann kamen sie in Tahiti ins Gefängnis. Nach vielen weiteren Heuern auf Walfängern und Kriegsschiffen hatte Melville genug und wurde als 47-Jähriger bürgerlich, schrieb seine Südseegeschichten nieder und verfasste schließlich den gewaltigen Roman »Moby Dick«. Der Bestseller ermöglichte es, dass zwei Jahre später die Prügelstrafe auf Schiffen abgeschafft wurde. Nachdem er auch als Schriftsteller pleite ging, wurde Melville Zollinspektor im Hafen von New York und durfte wieder täglich Seeluft schnuppern.

»Immer schön in Bewegung bleiben, das lernen wir wohl daraus?«, der Puma starrte perplex durch das Aquarium hindurch. Auf der anderen Seite sah er SIE, ein Schock, aber ein wohliger. Dieselben *Garfunkel*augen wie von Frau Robinson blickten warm an den Fischen vorbei. Sie richtete sich auf, eine junge Frau, doch doppelt so alt wie er, Tante Belle.

»Du bist also der berüchtigte Puma, vor dem sich die Familie so fürchtet«, spöttelte sie den Fotomann an. Dieser schluckte und bewahrte Haltung, als er in ihrem Fahrwasser in den Saal zurückpflügte.

Der Puma war des ewigen Polsterküssens überdrüssig und wenn er schon vor Sehnsucht seufzte, war er sicher: »Tante Belle ist eine Schöne, ist eine Rose.«

Und diese Tante sorgte für Bewegung. Da die Schüler der Bank- und Gemischtwarenkunde ein Ferienpraktikum benötigten, nahm sie ihn mit nach Melk in die Bootsverleihfirma. Die Büroarbeit stellte sich als Privatsekretärsjob bei Tantchen heraus. Der Göttergemahl war eine Woche zuvor mit Jagdfreunden nach Ungarn und Rumänien aufgebrochen und laut Aussage Belles würde er auch vor dem Herbst nicht mehr in ihr eheliches Gemach zurückfinden. Der Puma war voll Minne und wollte diese auch täglich ausüben. Doch Belle hatte noch mehr mit ihm vor:

»Mit all deinen Sinnen
Kannst Du mich minnen
Jedoch als süßen Preis
Nehm' ich mir deinen Fleiß
Ergreif' das Glück beim Schopf
und rette deinen Kopf
ich biet' dir meine Seele
auch wenn ich dabei fehle.
mein allliebster Schatz
mir war niemand bekannt
der mit einem Satz
mich so bezwungen hat.«

Und so startete sie die Aktion: »Rettet dem Puma den Kopf.«

Eigentlich sollten aus Belles Schoß schon längst die kleinen Bootsverleihpumas kugeln, doch Tantchen nahm die Pille ohne Wissen ihres Gespons, sie hatte mit ihrem Kopf noch einiges vor und wollte ihn nicht mit Windelnzählen und Arschwisch belasten, also gingen der Puma und sie studieren, in die Melker Stiftsbibliothek.

»In Allem wollen wir den Herrn loben und glorifizieren«, war das Motto der Benediktiner, doch unsere zwei Wissbegierigen waren nicht devot, sondern übten den aufrechten Gang durch die kleine, feine Bibliothek. Ab und zu tauchten sie in den Stiftskeller ab und wärmten Anekdoten über die verschiedenen Hasenfranzens auf, ließen sich vom Kellerwirt erzählen, wie bunt Hasenfranz senior es mit seinen Freunden, den Landtagsabgeordneten und Bürgermeistern hier getrieben hatte: »Zum Altare will ich treten!« Und wenn der Hafer sie ganz arg stach, verlegten sie ihre Schäferspiele in die verwinkelten Labyrinthe des riesigen Stiftgartens.

Am Fuße des Klosterberges schlängelte sich der Arm der Alten Donau vorbei, hier lag der Bootsverleih. Belle und der Puma kamen morgens, sie machte die Buchhaltung, sagte den Angestellten »have a nice day«, sie bestiegen ein Boot und rauschten die Donau abwärts.

Belle lachte sich halbtot, wenn sie dem Puma erfolglos das Knotenknüpfen beizubringen versuchte, die Welt der Achterknoten, Schläge, Steks und Kreuzknoten war nicht seine.

»Hoffentlich musst du unser Boot nie festmachen, sonst sind wir verloren«, flüsterte sie ihm traurig ins Ohr. Der Puma nahm es gelassen und besann sich auf seine Clownkünste.

Doch auch ihr doppelter Palstek war schon geknüpft, ihre Tage gezählt, die Ferien neigten sich dem Ende zu, der Minnedienst war nicht mehr länger haltbar in der Wachaumetropole, die Jäger kehrten zurück, St. Kruzifix rief und der Puma dachte voller Schauern an seine Rückkehr nach Stumm.

»Rikki don't loose that number«, sang Odysseus oder wie der Puma doch fast alles verlor

Der Puma war zurück im stummen Stumm und es kam ihm noch stiller vor als je. Er hatte vom ersten Tag einen Schatten, der ihm nicht von der Wolfshaut wich. Der Odysseus war sein Beschützer geworden, von wem er diesen Auftrag erhalten hatte, vom *Stoascheißer-Koal* oder anderen höheren Mächten. Niemand wusste nix genaues.

Wenn der Puma mit seinem Moped in die Schule fuhr, saß ein singender Odysseus auf der Rückbank des roten Hobels, in St. Kruzifix gaben sie ein gar prächtiges Gespann ab, selbst im Unterricht saß der griechische Verirrte irgendwo und sang dem Puma ins Ohr. Als der in einer Französischstunde den Text laut nachsang »Voulez-vous coucher avec moi, ce soir?« hatte die Französisch Lehrerin gar kein Verständnis und der Puma flog hochkant aus dem Unterricht. Er hatte sowieso Besseres zu tun. Die Schule war mit ihrem Neubau an den Stadtrand übersiedelt und so mussten sie sich jeden Tag in die Innenstadt aufmachen, um im *Forum*-Kaufhaus oder *Forum*-Kino, die schönen *Renaissance Fräuleins* der Gymnasien oder des Colleges der *Englischen Fräuleins* zu treffen. Die frommen Schwestern waren dabei die umtriebigsten.

»Boogie on reggae women« wie unser Odysseus zu singen pflegte.

»Was machst du nur, wenn ich nicht mehr da bin«, fragte der Puma ihn.

»I shot the sheriff, but I didn't shoot the deputy«, ballerte Odysseus los.

Und dann?

»Big Yellow taxi!«

»Und das soll ein Lebenziel sein«, zweifelte Puma.

»It's only Rock 'n' Roll, but I like it, like it, like it…«, Odysseus in Hochform.

»Sie werden kommen und dich holen«, warnte ihn der Puma.

»Kung fu fighting«, drohte der Grieche.

»I glaubs ned«, raunzte Puma.

»Nothing from nothing«, der Philosoph.

»Schleich di«, drohte letztendlich Puma freundschaftlich.

»Rock you Baby«, und sie bestiegen ihren Feuerstuhl und fuhren nach Stumm.

Der Puma war in der vierten Klasse angelangt, wie er das geschafft hatte, wissen vielleicht Hermes der Gott der Kaufleute und Diebe und die Kräuterfräuleins, doch sah er keine Zukunft mehr in der Schule. Es war zermürbt und ausgelaugt und bekam schon einen Hautausschlag, wenn er nur das Gebäude von weitem sah. Dachte er an die menschlichen Versager, die sie als Lehrer auf ihn losgelassen hatten, stürzte sein Betriebssystem regelmäßig ab.

Seine Großmutter trichterte ihm täglich ein: »Beiß die Zähne zusammen, mach den Abschluss, dann können sie deinen Allerwertesten als Rodelbahn benützen.« Sie würde sich hundert Finger auf einmal abschlecken, wenn sie seine Chancen gehabt hätte. Doch es war zu spät, er schlug alle ihre Warnungen in den Wind und flog nur mehr mit dem Moped in der Gegend herum. Wenn man ihn fragte, wo er gewesen sei, konnte er es nicht sagen und verwies immer auf die Rückbank, man solle doch seinen singenden Beifahrer fragen, die Stummer blickten ihn immer seltsamer an.

Im Winter dann die Katastrophe, seine Oma wurde ins Lainzer Krankenhaus gebracht. Sie hatte angeblich eine Venenentzündung. Der Tiger und der Puma besuchten sie jeden Sonntag, hegten jedoch keinen Verdacht, dass die Zimmerbelegschaft, allwöchentlich eine neue war. Als man ihnen sagte, dass die geliebte Frau an unheilbarem Magenkrebs erkrankt war, hatte man die Patientin schon in einen kommoden Opiumrausch versetzt und zum finalen Verhungern nach Hause geschickt. So starb die Omi in Pumas Nachbarzimmer, einen langen und qualvollen Tod und er traute sich nur zwei Mal zu ihr ins Zimmer, dafür war er etwa zweitausend Mal in den Dunkelsteiner Wald geflüchtet, fest vermummt in wärmende Wolfshäute und Bärenfelle und versuchte zu vergessen und sich zu verlieren.

Seine Oma war also tot. Sein Lebensmensch, seine Lehrerin, seine Beschützerin und Zufluchtsstätte, die Einzige, die sah, dass der Puma in der feindlichen Stummer Umwelt nicht überleben konnte und ihm jede mögliche Startrampe für eine Flucht baute.

Er bekam einen Brief aus dem Jenseits von ihr, überreicht von einem St. Kruzifixer Notar:

»Mein lieber Puma!

Ich bin also nicht mehr. Hör mir jetzt genau zu. Ich bin in sehr bescheidenen Verhältnissen geboren worden. Ich wurde verkauft, ich war Dienstpersonal, dann wurde ich zu früh geheiratet, bekam drei Kinder, als ich zwanzig wurde, war meine Zukunft schon zu Ende. Mein freier Wille, war der Mann, ich habe aber immer Wert auf Bildung gelegt, denn nur so konnte ich meine und der Kinder Sklaverei, halbwegs erträglich halten. Ich hasste diese Welt, in die ich da hineingeraten bin und ich wünsche dir, dass du es schaffst, sie so schnell wie möglich zu verlassen. Sex kannte ich mein Leben lang nur vom Hörensagen, das Kinderkriegen kann man nicht darunter rechnen, die Herren hatten sich immer außer Haus oder beim Gesinde umgetan. Ich durfte nicht Tanzen gehen oder ins Theater, ins Kino als ich jung war. Ich war nie auf Urlaub. Die Sonntage, immer dieselben öden Ausflüge in Marienwallfahrtsorte, um am Abend die betrunkenen Männer heimkutschieren zu können. Und überhaupt die Mannsbilder. Ihr Leben lang besoffen, wie die nur so alt werden konnten, grenzt schon an ein Wunder. Und immer kochen, kochen, kochen, backen, sieden, gären, garen, schlachten, einlegen – nur damit die ganze Verwandtschaft Fressen und Saufen kommen konnte. Warum ich nie Nein gesagt habe? Ja, ich wollte nicht total vereinsamen, wenn ich schon nicht in die Welt hinaus durfte, so sollte wenigstens ein kleiner Teil der Welt zu mir kommen und das kostete halt. Jetzt bin ich so müde, dass ich mich schlafen lege für lange, lange Zeit. Gute Nacht Puma. Ich liebe Dich!«

Der Puma weinte tränenlos und flog in der Schule sang- und klanglos durch.

Odysseus war verschwunden.

»Blinded by the light« oder wie der Puma trotz alledem Lovely Rita und den Tatsachen ins Auge blicken musste

Seine Großmutter war gestorben, Odysseus auf rätselhafte Weise im Dunkelsteinerwald verschollen, Belle durfte er nicht mehr sehen sowie sein neuerliches Versagen in der Schule – all das war ein Cocktail, der dem Puma nur sehr schwer die Kehle runterrinnen wollte.

Da tauchte »Lovely Rita« auf. Sie war schon immer im Dorf gewesen, doch erst jetzt hatte sich Pumas Zerberum ihr geöffnet, ein Mädchen mit dem man locker eine Pferdeherde aus dem Gestüt fladern konnte, ein burschikoser und fröhlicher Typ, für den es keine Schwierigkeiten oder unüberwindliche Hindernisse zu geben schien und so eine Herzensdame und Geistesschwester konnte der Puma in seinem Zustand dringend brauchen.

Sie waren in ihrer Dorfclique geborgen, fuhren frühmorgens mit Bus und Zug in die Schule, gingen nur in die nötigsten Unterrichtsstunden und verbrachten viel freie Zeit im *Forum*-Kaufhaus, im Kino oder im Stadtpark.

Das Plattengeschäft im *Forum*-Kaufhaus öffnete ihnen ein unbekanntes Universum, eine Tür aus Stumm und St. Kruzifix hinaus und sie sahen staunend, dass es auch ein Leben gab, selbstbestimmt, kritisch, künstlerisch und vor allem frei. Im Kaufhaus selber holte sie die Realität wieder ein. Hier gab es eine Showbühne auf der eher verkrachte Popexistenzen auftraten. Eric Burdon wurde von seinem selbstentfachten Whiskeywind von der Bühne geweht, Esther und Abi Ofarim stritten sich durch ihre Schmalzlieder und Donna Summer schmachtete ihrem Erfolg entgegen.

Im Stundenhotel *Baron* am Bahnhof süffelten sie ihre ersten Gläser Ribiselwein und schworen sich, dass nichts und niemand jemals zwischen sie treten würde, wenn es dunkel wurde, gingen sie ins Hallenbad, dies war die offizielle Version, wirklich befanden sie sich beim *Zotti*, einem urigen Gasthaus gegenüber der Körperertüchtigungsinstitution. Beim *Zotti* ging die Post ab. Im ersten Teil des Beisls herrschte Tante Mali über die Schank, hier versammelten sich die Leutchen, die im Alkohol Nahrungsersatz sahen, die Lebedamen und Fräuleins ohne festen Anhang. Tante Mali hatte alles im Griff und führte ein strenges Regiment. Im zweiten Zimmer konnte herrlich hausmannskostgetafelt werden, da ankerten die Hungrigen aller Gesellschaftsschichten und vermischten sich, der Doyen war der alte Leiner Rudel. Im letzten Saale schließlich durften die Schüler ihre Gelage abhalten und ihre »hungry hearts« füttern, uralte Möbel harrten der Durstigen und Liebeshungrigen sowie Diskutierwütigen, eine kleine Bühne begrenzte eine Wand, hier durfte spontan musiziert und rezitiert werden, was auch häufig und schamlos genutzt wurde. Der Boden in dieser Stube war im wahrsten Sinne schräg, sodass kein Polythem wusste, ob er schon oder noch *carusselo* war.

Niemand hat mich in die Irre geführt, *Niemand* hat mich geblendet, *Niemand* hat meine Schafherde entführt und *Niemand* ist mir entkommen.

Der Puma dachte seufzend an Odysseus. Er hatte ihn tagelang im Dunklen Wald gesucht, bis sie ihn zwangen wieder in die Schule zu gehen. Er hatte seinen Freund und großen Sänger verloren im Niemandsland. Sein Beschützer hatte ihn verlassen und er sah großes Unheil auf sich zukommen.

Es begann mit einem banalen Autowettstreit. In Stumm hatten sich die Einwohner und hier vor allem die Bauern immer schon einen sportlichen Wettstreit, ihre Arschschleuder betreffend, geliefert. Auf Pump und ohne die fahrlässige Krida zu scheuen, plusterten sie ihr Ego auf, es mussten natürlich immer funkelnagelneue, fahrbare Untersätze sein, kaufte sich der Nachbar einen *Opel*, musste es mindestens ein kubikgrößerer *Opel* oder ein *Ford* sein, am besten ein *Mercedes*. Hatten dann alle einen Stern, waren sie ratlos und hauten sich umso öfter die Birnen ein.

Dachschaden durch Automobilisation – ein physikalisches Phänomen oder transzendental?

Jedenfalls hatte sich der Hasenfranz junior nach langem Streit mit seinen St. Kruzifixern Verwandten und Autohändlern dieses Mal nicht einen *Volkswagen*, sondern einen *Rover* zugelegt, in der Annahme, damit sei er wieder der Hahn im Stummer Autostall. Jetzt muss man aber wissen, dass der Hasenfranz junior quasi der Nachfolger seines Vaters war, in politischer, ökonomischer und hierarchischer Sicht sozusagen, ein echter Schwarzer also und beileibe keine Minderheit und da war da noch sein Nachbar, der Großkopf, seines Zeichens Ebener Bahnhofsvorstand, politischer Gemeindewiderpart und Besitzer von zwei scharfen Rottweilers und Jäger und Liebhaber von gebratenen Tauben.

Eine Woche später hatte Großkopf den gleichen metallice lackierten Britenwagen vor seiner Tür stehen: »The battle of Stumm began!«

Hasenfranz blockierte daraufhin einige Gemeinderatsanträge des Großkopfes, dieser revanchierte sich damit, dass er alle Tauben auf des Hasenfranz Bauernhof jagte, briet und in einer Gru-Gru-Orgie verzehrte. Der Bürgermeister ließ dem Eisenbahner die Gewehre wegnehmen, der schwor bittere Rache und gnadenlose Jagd auf alle Mitglieder der Hasenfranz Familie. Der Erste, der das Pech hatte, seine Wege zu kreuzen, war der Puma und Großkopf hetzte die Hunde auf ihn los, es waren aber nur die Dackel, einer verbiss sich in unseres Helden Wade, dieser schrie, schüttelte und legte sich schlussendlich mit einer gepflegten Blutvergiftung einige Wochen zu Bette.

»Paradise now!« Rita und Dobbin besuchten den Puma an seinem Krankenlager, das er wieder am verwaisten Bauernhof aufschlagen durfte, um diesen vor dem bösen Nachbarn zu bewachen. Lovely Rita mit der frechen Mütze, brachte Unmengen Bücher und Musikkassetten mit und sie lasen und hörten und lachten, diskutierten, stritten und schwiegen.

Sie wühlten in den Truhen der verstorbenen Großeltern des Pumas und lernten so endlich deren Geschichte kennen und verstehen. Die Schule entfernte sich immer weiter von ihnen, doch Rita schaute, dass sie wenigstens durchkam, der Puma hatte sie jedoch aufgegeben.

Der Puma spielte noch einmal Fußball, verliert die Übersicht und gerät ins Abseits

Der Tormann nahm einen riesigen Anlauf, riss an, der Ball stieg auf, beschrieb einen luftigen Bogen und schlug im Kreuzeck des vom Tiger zu hütenden Kastens ein.

0:8 – die Altinternationalen kannten keine Gnade mit dem Stummer Fußballnachwuchs. Ein Tormanntor hatten sie noch nie gesehen auf ihrem kleinen Fußballplatz, doch tat das ihrer Freude über den heutigen Festtag keinen Abbruch.

Denn Abbrüche hatte es in letzter Zeit zur Genüge gegeben. Die sozialen Wunden des Dorfes, welche die Altvorderen hinterlassen hatten, die nur notdürftig geheilten Schnitte, waren aufgebrochen, die Krätzen abgefallen.

Die kleinen, fußballbegeisterten Pumas hatten sich zu einer respektablen Turniermannschaft entwickelt, die von Veranstaltern der Gegend häufig eingeladen wurde, das Spiel ermöglichte die Nivellierung sozialer Unterschiede bis, ja bis sich die Burschen die ersten Statussymbole erwarben, die ersten Freundinnen hatten und sich ihrer Wurzeln besannen, um entweder damit anzugeben oder dem anderen eine aufs Haupt zu schlagen. Aus dem Fußballverein hatte sich eine Sportunion entwickelt, die vermehrt das gesellschaftliche Leben des Dorfes bestimmte, es bildeten sich Musik-, Tennis-, Schachgruppen, sogar eine Ruinenerhaltungstruppe speiste ihre Energie aus den heißen Herzen und Hirnen unserer Fußballpumas.

0:9 – der Rudi Flögel hatte dem Puma das Gurkerl gegeben und am Tiger vorbei eingenetzt.

Als erstes stritten die Bauernkinder mit den Arbeiterkindern, die einen stanken den anderen zu viel, die anderen waren die Proleten. Dazwischen die Außenseiter wie Puma und Tiger, die selbstverständlich von den beiden Mühlsteinen aufgerieben wurden. Beim letzten Spiel konnten sie gerade noch eine Rauferei in der eigenen Mannschaft verhindern.

0:10 – der glatzerte Riese Waschi Frank hatte Maß genommen, aus dreißig Metern Entfernung.

Das vorletzte Spiel hatte der Schiedsrichter abgebrochen, da er nach eigenen Aussagen kein Raubtierdompteur sei, der im eigenen Käfig für Ordnung sorgen müsste. Sie sollten gefälligst nach Hause verschwinden und sich *Daktari* und *Flipper* im Fernsehen anschauen.

0:11 – der Franz Hasil hatte mit dem Ferserl den Tiger überhoben, der lag auf dem Boden und düngte mit seinen Tränen den staubigen Platz.

Doch die Buben wurden schon echte Stummer, obwohl sie oft genug beisammen waren, sprachen sie nicht über ihre Probleme, sie soffen, prahlten, rauften, spannten sich die Freundinnen aus, aber reden? Über Probleme? Nie im Leben!

0:12 – der Geyer und der Flögel hatten drei Doppelpasses gespielt, dem Puma war noch immer schwindlig als der Ball ins Netz rauschte und da geschah das Wunder von Stumm.

Hier der Life-Bericht unseres Reporters:

»Der Stummer Tormann Tiger nimmt den Ball, der von der Mittelauflage kam in seine handschuhbewehrten Hände, rollt in zum Rapsbauern, dieser eine flache Vorlage zum Installateur, ein Doppelpass mit dem Polizisten, der Student blockt den Flögel ab, eine Maßflanke zum Kukuruzbauern, der stoppt den Ball kurz, schaut auf, sieht den daherbrausenden Fleischhauergesellen, der trifft volley und der Ball saust am Ex-Internationalen Maurer vorbei in die Glückseligkeit. Jubel, Trubel, Heiterkeit, Umarmungen. Aus! – Das Spiel ist auuuuus!«

Dann kam der Pfingstmontag. Puma und Tiger hackten in der Werkstatt Holz, als die Hacke ganz zart in Pumas Daumen drang, der Tiger verband die heftig blutende Wunde, der Verletzte wartete zwei Tage bis der Daumen zu Jucken begann, im Spital entfernte man das Amateurgebinde vom grün- bis bläulich schimmernden Fleischklumpen, eine Rettungsaktion war erfolgreich.

Der Puma musste täglich ins Krankenhaus, den Finger in einer Lösung baden. Er saß inmitten von geschundenen Arbeitern und Holzknechten, die alle irgendwelche Körperstummeln oder derangierte Gliedmaßen in verschieden große Behälter hielten und ihre Arbeitsfronterlebnisse lebhaft schilderten. Derart motiviert in die Erwachsenenwelt einzutreten, zog er sich mit Gleichgesinnten, denen ebenfalls die Lust am Schulbesuch abhanden gekommen war, in diverse Lokale, Buden und Kantinen zurück, begann regelmäßig zu Trinken und Feldstudien unter der tagsüber trinkenden Bevölkerung zu machen. Er verlor den Überblick, welcher Tag, welche Woche ist, nur die Außentemperatur zeigte ihm die Jahreszeit an, er log nicht nur die Eltern, sondern zusehends auch die Freunde an, verlor den Überblick und wurde einsam.

Ende Juni wurde er aus der Mannschaft und aus der Schule geworfen.

Der Puma fährt Ente, begegnet Lucy, allerlei Irr- und Abwege bieten sich an oder »How deep is your love«

Der Puma stapfte missmutig durch die Pielachauen. Er hatte es gründlich verschissen.

Wider den großmütterlichen Rat, die Schule als Notausgang aus Stumm, als Fluchtmöglichkeit par excellence zu nutzen, hatte er es knapp vor der Matura versiebt, vergeigt und sich unfreiwillig in den Stummer Morast zurückbegeben müssen.

So schritt er nun mit Dobbin ihrem Lieblingsplatz an der Pielach entgegen, um mit diesem über die Pest, den Fremden, die Wörter und den Pfahl im Fleische zu diskutieren, sie fühlten sich als die Mandarine von Stumm und wähnten den Herbst in Peking.

Der Tiger war nach Melk in die Kaserne gezogen, um dort das Vaterland pioniermäßig, gegen imaginäre Feinde zu verteidigen und er blieb gleich dort. Er war vor Hasenfranz' Autorität in die Arme der Armee geflüchtet. Ein Regimeopfer der Diktatur Stumm sah den Bundesheerdrill als Befreiung.

»She's not there«, der Puma hatte gehofft, an der Pielach Lucy anzutreffen, die wie Diamanten vom Himmel geregnet war. Lucy mit den grünen und bernsteinfarbigen Kaleidoskopaugen, mit der Sonne im Blick, den honigfarbenen, wirren Haarsträhnen und der nach frischer Milch schimmernden und duftenden Haut, doch – sie war nicht da.

Die 13-jährige Schwippcousine hatte gesundheitsmäßig eine schulische Auszeit von ihrem Wiener Gymnasium nehmen müssen und war aufs Land zu ihren Onkeln und Tanten, nach Stumm verschickt worden, um zu rekonvaleszieren. Damit ihr dort nicht fad wurde, hatte sie ausführliche Weihrauch- und Myrrhevorräte mitgenommen, die sie regelmäßig mit Puma rauchte und ihn damit salbte. Der Puma konnte diese liebevolle Hinwendung gut gebrauchen.

Er arbeitete wieder im väterlichen Gewerke als Hilfszimmerer, um sich sein himmelblaues französisches Entenfahrzeug verdienen zu können, das er gegen sämtliche väterliche und Kruzifixer Ratschläge bestellt hatte und das bald eintreffen sollte.

Die Arbeit war hart, die Arbeiter ungerecht und gehässig, doch da er jetzt eine sinnvolle Tätigkeit ausübte, sprich ein wertvolles Mitglied der Gesellschaft geworden war und nicht als schmarotzender Student der Gesellschaft auf dem Säckel hing, konnte er sich doch einen gewissen Freiraum schaffen, den er hinlänglich zu Minne- und Psychedelicdiensten nutzte.

Die Zimmerer hatten einen neuen Auftrag bekommen, der Kirchturm der Zenokirche in Zenobach wurde mit einem neuen Dach versehen. Fünf Zimmerer plus Puma hingen angegurtet an den Dachsparren in luftiger Höhe, siebenundzwanzig Meter über den Gräbern des alten Friedhofs. Abwechselnd hämmerten sie wie die Verrückten die Dachlatten fest. Wenn eine Partie sich losband und den Sicherheitsgurt höher einhängte, hörte die andere zum Nageln auf, sollte aufhören. Als der Puma seinen Gurt aufmachte, dürfte die Kommunikation ins Stocken geraten sein, die Zimmerer nagelten weiter, vom Schutzblech des Wetterhahns, löste sich ein Betonbrocken und fiel dem Unbehelmten genau auf den schutzlosen Scheitel. Er sah »Lucy in the sky with diamonds«, viele Sterne und Spiralen, löste sich elegant vom Dach, stürzte auf das darunter befindliche Kirchendach, rodelte es in der gesamten Länge hinunter, kollerte über die Dachrinne, die ihn noch kurz bremste und fiel runter in einen frisch aufgeschütteten, riesigen Sandhaufen. »Cold as Ice«, rappelte sich unser Kunstflieger auf, schüttelte den Sand von der Blauen, lachte noch zu seinen Gesellen hoch und ward ohnmächtig. Er lag neben dem Grab seiner Großmutter.

Zwei Wochen später stürzte an einem Tag ein Geselle beim Schwarzmaurern in der Firma ab und auf einer Bausstelle eines Futtermittelsilos segelte ein Zimmerer aus zweiundsechzig Metern in den Tod. Dies bewog den Puma, diesen riskanten Beruf zu stornieren und er heuerte in St. Kruzifix bei einem Möbelhaus an. Sie waren im Außendienst tätig und ihre Aufgabe war es, bei Messen und Volksfesten in einem riesigen Zelt, die Kojen und Einrichtungsgegenstände aufzubauen. In kürzester Zeit war der Puma ein perfekter Möbelbastler und Innenarrangeur, außerdem fungierte er als Chauffeur des Firmenbusses, was eine sehr verantwortungsvolle Tätigkeit war, denn das ging so: Der Firmenchef, mit den Gänsen im Wappen, war ein sehr sozialer Mann. Seine Arbeiter mussten zwar um fünf Uhr früh zur Abfahrt gestellt sein, doch dafür zahlte er nach Dienstschluss die Rechnungen der diversen Heurigen- und Wirtshausbesuche seiner Arbeiter und das jeden Tag. So durfte der Puma jeden Tag ein Rudel betrunkener Einrichtungsexperten durch die Gegend kutschieren und kam dementsprechend müde und spät nach Hause. Dort aber wartete Lucy mit dem Weihrauch und der Myrrhe.

»Was hast du mit meiner Tochter gemacht?«, der Wiener Stararchitekt hatte den Puma bei der Gurgel gepackt und gewürgt, bis dieser nur mehr Funkelsteine am Firmament sah. Dabei hatte ER eher wenig gemacht, eigentlich gar nichts. Gut, er war verliebt in das marode Architektentöchterl, seine entfernte Verwandte, das war die restliche männliche Dorfjugend aber ebenfalls. Gut, er und sie hingen halt immer zusammen, mit Dobbin und Lucys Schwester, aber den Weihrauch hatten die verzogenen Gören mitgebracht und auch die Pipe. Nur die Doppler Ribiselwein waren von ihm und Dobbin, aber den Wein hatten fast ausschließlich die Schwestern gebürstelt und den hatte die Lucy ihm letztendlich auf seine Wolfshauthose und Fliegerjacke gespien und dafür wurde er jetzt gewürgt. Wären sie doch im »Hotel California« und die ganze Stummer Bagage beim Luzifer.

Die Ente war aus Frankreich eingetroffen. Sein Vater ließ es sich nicht nehmen, das Auto mit ihm zusammen abzuholen, selten hatte er den Hasenfranz so kindlich begeistert gesehen. Nachdem er ihn sogar animieren hat können, ein Buch von Hermann Hesse zu lesen und er sich seine *Beatles*-Kassetten im Zeichenbüro anhörte, hoffte Puma, endlich einen Draht zu seinem Vater gefunden zu haben.

Da kam der heiße Herbst. In Deutschland wurde Schleyer entführt und ermordet, die *Landshut* entführt, schließlich fand man Raspe, Baader und Ensslin tot im Stammheimer Gefängnis. Ein Irrweg aus den 60er-Jahren hatte endgültig zum Scheitern einer Utopie geführt. Die Auseinandersetzungen mit seinem Erzeuger wurden wieder heftiger und eines Tages hatte der Puma seinen Einberufungsbefehl in der Hand. Das hatte er aber gründlich verdrängt, mit der Katastrophe hatte er nicht gerechnet. Er suchte Trost beim Rudel und ging ins Gasthaus *Brecht*.

»Come to the Hard Rock Cafe«, röhrte Carol King aus der *Brecht'schen* Musikbox.

Der Rudel war ausnahmsweise fast nüchtern und erzählte ihm folgende Geschichte:

»Ich befand mich einmal in St. Kruzifix und taumelte aus einer Bar und war auf dem Weg in ein Etablissement, um noch einen kleinen Versuch zu starten, den turbulenten Abend einer menschlichen Regung zuzuführen. Da sah ich einen Schatten vor mir. Der kleine Mann kauerte vor der Brötchentür einer Bäckerei und flößte seinen Mitmenschen Angst und Neugier ein, außer mir, und gestand mir lallend: ›Könnten sie werter Herr, meiner unwürdigen Person ein Geldstück zuwenden, da es mich gar heftig nach Gefrorenem gelüstet.‹ Nach Gefrorenem und das mitten im Winter. Ich fand ihn originell, wandte mich ihm zu und vergaß vor Lachen die Fremden, Freunde, Kaffeesieder und Herumtreiber und setzte mich auf die große rosa Wolke, die der Winterwind sachte aber zielstrebig nach Babylon trieb.«

Der Puma verstand nur Bahnhof.

Rudel versuchte es nochmals:

»Babylon / Wie wollen sie verstehen / Die sich selbst nicht sehen? / Wie sollen sie lindern / Die Not von toten Kindern?

Wind, Wind, Wind / Komm ganz geschwind' / Rette das Kind.

Wie können sie nur reden / Vom schönen Garten Eden? / Der schon im Sand versinkt / Bevor die Rettung winkt.

Wind, Wind, Wind / Komm ganz geschwind' / Rette das Kind

Die Jenseitsbilder sind / Im Spind / Dir Puma sei geraten / Achte auf den Spaten.

Wind, Wind, Wind / Komm ganz geschwind' / Nimm mit das Kind!«

Der Puma hatte endgültig genug vom Rudel, von Stumm, er bestieg seine Ente und kurvte gen St. Kruzifix, denn er wollte Disco-Prinz werden.

RAUS
REIN

Der Puma besteigt die Hohenegg als Disco-King, verliert die Bodenhaftung und hat auch sonst große Motivationsprobleme

Nichts lag dem Puma ferner als der Disco-Sound, war er doch ein Blumenkind und begann gerade mit dem zarten Punkpflänzchen zu flirten und hatte auch schon einige Liebäugeleien mit dem Hard- und Bebop hinter sich gebracht, doch als Liebhaber der Renaissancefräuleins, befand er sich in einem herzzerreißenden Dilemma. Nur in den Tanztempeln waren die Schönen anzutreffen, die waren nämlich brutal opportunistisch, die pfiffen auf Musiktreue und wechselten die Geschmäcker sooft wie ihre Angorawäsche.

Der Puma war ein zu spät gekommener Sechziger, eine Nachgeburt, was aber nicht weiter schlimm war, da Stumm sowieso ein halbes Jahrzehnt nachhinkte. So irrte er als »rock 'n' rolliertes« Blumenkind mit einer leichten Sid Vicious Vorahnung, einer zaghaften Schwermetallseite, einem kräftigen Schuss Glitter- und Glamrock und einem Hauch von Folk, Funk und Disco, durch eine ihm feindlich gesinnte Schlagerfuzziwelt, dass es nur so jodelte.

Doch hatten sie eine Strategie, sie eroberten zuerst die Gasthaus-Wurlitzer, redeten den ahnungslosen Wirten falsche Hitparadenstürmer ein oder brachten die Scheiben gleich selbst mit und schenkten sie den Gastronomen gegen Naturalien. Dann besetzten sie die Musikboxen, lungerten als Schutzschild um sie herum, bestachen andere Musikinteressierte, nur ihre Scheiben zu wählen und hatten bald die Wurlitzerhoheit.

Der Puma war ganz in Weiß gekleidet und saß in der Sonne vor dem Bürofenster seines Vaters. Weiße Schuhe, weiße Hose, weißes Rüschenhemd, weißes Jackett und breite grüne Hosenträger mit kleinen weißen Haserln drauf. Er war ein unbeschreiblicher Anblick. Die Nacht hatte er in einer Diskothek, in der nahen Porzellanstadt verbracht, auf der Bank kurierte er seinen Kater und wartete auf den Aufbruch zum Folk-Konzert auf die nahe Ruine Hohenegg.

»Du magst zwar weiß gekleidet sein, aber in deiner Seele bist du tiefschwarz.«

Sein Vater war also doch ein Komiker, ihn von Seele faseln zu hören, war schon eine starke Nummer. Nach ein paar Nickerchen kamen seine Freunde und sie brachen auf. Fünf Mann in der Zwei-Pferdeschaukel, das ließ den französischen Gaul aufjaulen und sie nahmen die Burgruine im Kriechgang. Da hatte sich schon ein buntes Völkchen versammelt, eine kleine Zeltstadt aufgebaut, überall wurden Friedenspfeifen geraucht und Dopplern der Garaus gemacht. Fallschirmspringer landeten auf der Wiese als der selige Al Cook versuchte, dem kürzlich erst verschiedenen Elvis die zweifelhafte letzte Ehre zu erweisen.

Der Puma, Dobbin und Lucy begaben sich in den Innenhof der Ruine und trafen dort auf eine St. Kruzifixer Biertestgruppe. Schnell hatte man sich angefreundet und sprach lebhaft dem Gerstensaft zu, erörterte verschiedene Methoden, sich der Landesverteidigung zu entziehen oder elegante Techniken, die holden Burgfräuleins in den nahen Wald zu transferieren.

Der Puma hatte an diesem Tag jedoch ein Geschwindigkeitsproblem, er schluckte zu schnell. Als die anderen noch im Sitzen torkelten, hatte er sich schon erhoben und probierte einige Tanztechniken aus, die rasch marokkanische Freunde anlockten, die mit afghanischem Weihrauch und Freundlichkeit sehr freigiebig waren, der Puma genoss voll-lungig die neue Freude und war derartig hochmotiviert in der Lage, die Gegend zu erkunden. Er ließ seiner Orientierungslosigkeit freien Lauf, überwand zwei Zugbrücken und Innenhöfe, stand bald auf der Aussichtsplattform der Ruine, bestaunte das zur Absperrung vor Abstürzen gedachte niedliche rote Stoffbändchen, atmete noch einmal tief durch, spannte die Muskeln, schrie seine Freude aus den malträtierten Lungen, überwand die Schwerkraft und Bodenhaftung, segelte ein kurzes Stückchen im freien Fall, rauschte ungespitzt in die Kronen der Weißtannen, dreht sich einige Male um die eigene Achse, prallte auf dem Nadelboden auf und rutschte den Hang hinunter, bis er in einem Bachbett notlandete. Der König war gestürzt. Man suchte den Puma mit der Freiwilligen Feuerwehr Zenobach, mittlerweile war es Nacht geworden, der Suchtrupp trug Fackeln, der Gestürzte kam erst zu sich, als man ihn ins Arzt-Zelt schleppen wollte, was er standhaft verweigerte, da er dem Mediziner unmöglich seinen Weltenraumblick offerieren konnte. Der war nämlich ein Betbruder des Hasenfranz.

Der Gefallene ward gastfreundlich aufgenommen im Zelt der St. Kruzifixer Bierversilberer, sie bestaunten und pflegten seine Wunden, wimmelten Neugierige am Zelteingang ab und besprachen intensiv die Themen Fliegen, Wiedergeburt, transzendentale Erneuerung und wie man einen Einberufungsbefehl umgehen könnte.

Dem Disco-King waren mittlerweile sämtliche Sicherungen durchgebrannt. Er sah »Black Betty« auf seiner Brust sitzen, grölte mit Elvis Costello »The angels wanna wear my red shoes« und dann sangen ihm die *Eagles* den Abgesang auf seine Träume, sie waren alle im »Hotel California« angekommen. Es war nix mehr mit freudvollerem Leben, mit einer besseren Welt durch gegenseitige Umarmung, ohne Ängste, Dogmen und Misstrauen. Das Zeitalter der Liebe ging zu Ende, jenes der Egomanie war angebrochen. Die Unschuld war verloren, sie standen vor einer Sinfonie der Wehleidigkeit und des Gejammers.

Alles inklusive Puma ging den Bach hinunter.

»Fool if you think it's over« oder es ist Krieg und keiner geht hin

Ernesto Guevara verkündete: »In Guatemala bin ich gereift und zu dem geworden, was einen wirklichen Revolutionär ausmacht – dort bin ich zum *Che* geworden.«

Der Puma glaubte mit seiner Stummer Guerilla- und Dunkelsteinerwalderfahrung könnte er locker den 8-monatigen Wiener Kasernendrill überleben, doch als er an einem nebeligen Oktobervormittag in die Fasangartenkaserne, pardon so hieß sie bei den Unaussprechlichen, also von vorne – in die Maria Theresien-Kaserne – schlich, kam ihn doch ein gar sonderbares Gefühl an. Er hing an unsichtbaren Fäden, Spieler zogen an ihm, in diese Richtung, in jene, einen Schritt nach vor, zwei Schritte zurück, hops in die Höh, platsch da lag er auf dem Boden. Der selige Nestroy sagte: »Die ganze Welt ist ein Fußboden.« Und unser Held dachte: »Ich bin der Schlatz darauf.«

Ein späterer Freund vom Puma, der Danny Demant, verkündete: »Die Kinder des Doppeladlers waren in ihrer Mehrheit Schafe, die ihr Leben damit verbrachten, sich in Scheiße und Blut zu wälzen und auf ihre letzte Schlachtung zu warten.« Jetzt befand sich der Puma in so einer Scheiß- und Blutanstalt, dem Vorhof des Schlachthauses, dem Trainingslager der Mörderbanden und sollte sich auf einen 8-monatigen Irrwitz einlassen, den er nicht im Ansatz durchgedacht hatte, über den er auch nie würde lachen können.

Es begann bei der Musterung mit einem Missverständnis. Er hatte verweigern wollen, sie hatten versteigern verstanden und so delegierten sie ihn an den Meistbietenden, jener Institution, in der die Enkelkinder der verschwiegenen Generation so gut aufgehoben waren – dem Gardebataillon.

Der Puma stellte sich zu einer Herde Lämmer. Ihr Blöken war gar niedlich anzuhören, ein Hammel gebärdete sich besonders wild und sprach von »Annahme der Waffe verweigern«, später würde er der erste Besternte sein. Ein Leitbock tauchte auf und führte die Lämmchen in ein aberwitzig verkommenes Gebäude, wo sie nach stundenlangem Warten eine silberne Plakette bekamen und ihnen eingeschärft wurde, dass die jetzt ihre Person ersetzen würde, sie könnten sich selbst verlieren, aber nie dürfte das mit diesem Metalltrumm passieren, sie waren jetzt eine Nummer, ein Ding, ein Stück Blech.

Dann gaben sie ihre Kleider ab und bekamen dafür unbeschreiblich graue und grüne Fetzen, die nach Tod und Verderbnis stanken und in denen sie wie eine Schar unlustiger Schweijks aussahen.

Nach weiteren totgeschlagenen Stunden, deren Leichen sie achtlos am Wegesrand liegen lassen mussten, begaben sich einhundertfünfzig Lämmer in einen Theatersaal, wo fünfundsiebzig Stockbetten standen, damit die Verwirrung nicht zu groß wurde, hatten sie nur zwei Scheißhäuser und vier Waschbekken. Diese surreale Situation verdauend, lag unser Vaterlandsverteidiger auf einer kratzenden Decke und besang Lucy:

»Mein zartes Alabasterwesen / Verschwunden im / Kapuzifeld.
Keuch mir nicht immer / In den Nacken / Du Sandviper.
Schau mir lieber / Mit deinen Honigaugen / In die Zukunft
Narr, du es ist / Vorrüber / Eher als /Du denkst
Du Gscheiterl!«

Ein Lamm mit einer sonderbaren Frisur stakte an sein Bett heran, um sich dem Puma höflich vorzustellen. Curtis, ein wohlerzogener Wiener, der mit einer unnachahmlichen Eleganz mit dem Meidlinger »L« jonglierte, redete auf unseren Kasernennovizen ein und sollte erst bei ihrem Abschied in zweihundertzweiundvierzig Tagen, wieder den Mund schließen. Curtis hätte mit seiner Oralartistik innerhalb von wenigen Minuten den Stummer Köhlern Mähdrescher verkaufen können, der Puma hatte eine verwandte Seele gefunden und gemeinsam sollten sie der Schrecken der Kasernen werden.

Nach wenigen Tagen hatten sie gecheckt, woraus der Dienst der ersten zwei Monate bestand: Warten, warten, warten und warten. Das Bundesheer, eine riesige Wartehalle ohne Zugdurchsage, ein Godot'scher Schnürboden und ein Meer von Zeit ohne Chance auf Land in Sicht. Zwischen dem Warten füllten sie die Pausen mit Wachparagrafen büffeln und Exerzieren. Sie waren nämlich der Stolz der Nation, die Blüte des Heeres, die Wächter der Demokratie und ihrer Repräsentanten.

Da hatten sie die Richtigen auserkoren, die Böcke zu Gärtnern gemacht, den Alkoholikern die Bar anvertraut, die Don Juans durften die Schürzen bewachen.

Und sie bekamen jeder eine Braut, mit der sie sich Tag und Nacht umtun durften. So nannte man dieses ekelige Trumm Metall und Fett, mit dem sie eventuell Menschen totschießen sollten. Zerlegen, reinigen, einölen, zusammenbauen, sehend und blind und immer wieder und wieder und wieder, im Schlafe wurden sie geweckt und mussten die Teile benennen, im Finstern das Drecksding auseinandernehmen und versuchen wieder zusammenzustecken, wer das geistig heil überstand, durfte zur Belohnung exerzieren gehen, die anderen Kloputzen.

Der Winter kam, sie übten den Morgensport im Freien aus, zur Dusche mussten sie zwei Kilometer laufen, die ersten Schafe wurden krank, Beschwerden würgte man ab, ein Versuch, das Ministerium und die Presse zu informieren, wurde brutal unterbunden.

Der Krieg hatte begonnen.

Der Puma und die Schafe werden in die Berge verfrachtet, retten ihre Zehen oder von der Kunst ein Clown zu sein

Der Puma *böllte*: »Ich bin ein Clown und besser als mein Ruf und es gibt ein Lebewesen, das ich dringender als die Luft zum atmen brauche: Lucy!« Curtis und die anderen Jungschafe blökten vor Freude und Lachen über den Unglücklichen, prosteten mit einer weiteren Runde Bier einander zu, während der Zug in Wattens einfuhr.

Man hatte sie mit weiteren Lämmern in einen langen »slow train coming« gesperrt, der in die tirolerischen Alpen aufgebrochen war, damit man ihnen dort feinste alpine Verteidigungstechniken lehrte, sie kristallin zurechtschliff und ihren Abwehrwillen in luftigste Höhen heben konnte.

Am Zielort kam eine sturzbetrunkene Hammelherde an, die noch nicht ahnte, welch Wahnsinn ihnen bevorstehen sollte. Nachdem sie vom Zug absitzen mussten, durften sie auf die bereitstehenden Lastwagen nicht aufsitzen, sondern ihre Füße in die Hand nehmen und in einer langen Kolonne und mit vollem Marschgepäck, die Serpentinenstraße hinaufwanken, zweiunddreißig Kilometer bei zweitausend Metern Höhenunterschied. Die Lastwagen fuhren leer und langsam hinter ihnen einher. Nach einigen Kilometern brachen die ersten Schafe zusammen, es waren jene, die in Ermangelung von Vorahnung, ihre Trinkwasserflaschen mit Schnaps gefüllt hatten.

Jetzt begann ein hurtiger Lazarettverkehr. Die Hammeln waren zu erschöpft um zu protestieren. Zwischen den Serpentinen wurde anstatt »Ruhepause!« »Fliegeralarm!« befohlen. Dies ging folgendermaßen vonstatten: Beim Alarmruf mussten sich die bedrohten Schafe den talseitigen Graben hinunterwerfen, was bei einem langen Kärntner dazu führte, dass er sich klammheimlich in eine Schlucht vertschüsste, um dort schwer verletzt geborgen zu werden.

Der Puma und seine Leidensgenossen hatten vor allem ein Verständigungsproblem. Noch konnten sie schwer das Bellen ihrer verschiedenen Hütehunde unterscheiden und es gab deren so viele. Da waren einmal der Tiroler Krachbeller, der Kärntner Schleimjauler, der Steirische Hohlkläffer, der Wiener Rollbelfer, der burgenländische Säuselwinsler, der niederösterreichische Fadschlager und der vorarlbergische Weinblaffer. Der Salzburger schnaufte nur, wollte aber immer verstanden sein. Als die Sternlein ein *Swarovski*'sches Himmelszelt bildeten, erreichten sie grönländisch gestimmt die Lizumer Unterkünfte, der Puma zeichnete in Gedanken ein großes »Nie zurück!« ins Eis und kam sich sehr eingeschlossen vor. Er verwünschte die Leitwidder und Hütehunde alle auf die Tegetthoff und fiel in einen unruhigen Gipfelschlaf.

Enorme Eiseskälte weckte sie am nächsten Morgen in ihrer Baracke auf, doch Mr. Curtis hatte ein Allheilmittel gegen die Kälte – Tigermilch – Milch und achtzigprozentiger Rum, fein säuberlich erhitzt, verrührt und schleunigst den Kehlen zugeführt und man verstand keinen Befehl mehr. Doch war auch so die Überraschung groß, als sich herausstellte, dass von ihren Leithammeln keiner Skifahren konnte. So wurde der Älteste jeweils Herdenführer und sie vergnügten sich drei Wochen gar arg in dünner Luft. Sie entdeckten auf ihren Expeditionen eine bewirtschaftete Hütte, wo sie den beiden Sennerinnen artig huldigten. Sie waren den Hunden immer eine Skilänge voraus, was diese schlimm erboste. Der Puma war von Vizehund Alberich als Rädelsführer ausersehen, musste sich abends seines Schuhwerks entledigen und einige Runden als Bloßfüßiger um die Schlafbaracke touren.

Derart aus dem Verkehr gezogen entdeckten sie das Jassen, was wieder disziplinär durch einen Biathlon geahndet wurde. Langlaufen mit Alpinski und Schießen auf Luftballons. Zdarsky schau oba!

Ihre Rückkehr ins Tal wurde mit denselben vertrottelten Spielchen versehen, sodass der Puma sich schon gerettet sah, als man plötzlich in eine Talsenke einbog und dort befindliche Eisunterstände bezog. Da saßen sie eine Nacht und einen Tag, bis zweien von ihnen Zehen abfroren. Der Puma und Curtis steckten ihre Füße jeweils in den Hosenschritt des anderen und retteten so ihr Hufe.

Weihnachten. Der Puma bekam keinen Urlaubsschein sondern einen Feiertagsdienst. Er durfte die Kaserne mit anderen unglücklichen Schafen bewachen. Innerhalb der Lämmer gab es verschiedene Währungen, da Geld Mangelware war. Eines der beliebtesten Tauschmittel war die jeweilige Wache zu verkaufen, kaufen oder zu tauschen. Als es einen Alarm gab, fand der Puma seine Wachhammeln nicht, da er keine Ahnung hatte, wer mit wem, wann und wo und überhaupt getauscht hatte. Es war ein Riesenspektakel. Er wurde als Wache vom Fleck weg von der Torwache verhaftet und kam so zu der Ehre eines Ministerrapportes. Im Verteidigungsministerium am Stubenring stand er wenig ehrfürchtig vor dem Minister, einem ehemaligen NSDAP-Mitglied. Rasch waren unsere Hammeln abgeurteilt, zu aller Überraschung war der Puma der Einzige, der nicht nach Tirol versetzt wurde, man hatte Höheres mit ihm vor. Er sollte Sesselrücker werden.

Als der Puma der spanischen Königin den Sessel wegziehen sollte oder das Trainingslager in der Wolke

Spanien hatte sich endlich seines Diktators entledigt, der König war beliebt, er hatte eine hübsche Griechin geheiratet und so übten sie entspannt ihren Königsberuf aus – Länder besuchen. Jetzt muss man wissen, dass unsere Gardeschafe dazu ausgebildet wurden, unter anderem vor jungen Königinnen strammzustehen, aber nicht nur vor diesen, sondern auch beim Besuch von verschiedensten Staatsoberhäuptern, Botschaftern, Würdenträgern und sonstigen immunen Teppichabnützern.

Diesmal war es ein besonders heikler Job. Sie sollten beim hofburglichen Galadiner, die Sesselrücker geben. Wochenlang wurde geprobt, exerziert, gerückt, geschoben, gehoben und die Leithunde wurden immer nervöser. Der Tag hatte schon mit einem Misston begonnen, als beim Empfang am Flughafen das Trommelpony vor die königliche Gangway schiss, es wurde bei der Rückkehr in die Kaserne sofort degradiert. Die Hammeln sammelten sich im Innenhof der Hofburg, um in die Präsidentschaftskanzlei abzurücken, als der Puma einen schrillen Pfiff vernahm, ein Zeichen das er nie vergessen hatte. Es war ihr Signal, Lucys Weckruf für unseren Clown. Er bedeutete Curtis und einem weiteren Schaf, ihm die Mauer zu machen und weg war er. Er folgte der hakenschlagenden Lucy durch die schaulustige Menge Richtung Burgtheater, dann ab in die Herrengasse und schließlich ließen sie sich treiben, bis sie zu einer Cocktailbar kamen, in die das Architektengör unser Schaf schleppte.

»Hier kannst du auch in Uniform bleiben«, gurrte sie ihm ins Ohr.

Der Puma war zum ersten Male in einem derartigen Etablissement. Er bewunderte den Jongleur hinter dem Tresen, der nach kurzer Unterhaltung mit ihnen gar wundersame Zutaten in einen Metallbecher füllte, diesen verschloss, in die Luft warf, sich um die eigene Achse drehte, ihn wieder auffing und dies immer wieder, zu ihrem und der anwesenden Skinationalfahrer Gaudium wiederholte. Die geschüttelte Ambrosia benetzte seinen Gaumen und erheiterte seine Sinne. Aus den Musikboxen ertönte der neueste Wetterbericht und sie tanzten eng umschlungen, auf einer Wolke ins Vogelland.

Zwei Stunden später mischte er sich auf der Präsidialstiege wieder unter seine Schafherde und vernahm Curtis' Frontberichterstattung, wie der spanische König fast die diplomatischen Beziehungen mit Österreich abgebrochen hätte, da niemand seinem holden Sopherl das Sesserl rücken mochte, bis der Sonnenkönig persönlich einsprang. Die Hunde bellten durcheinander, im allgemeinen Chaos konnte kein einzelner Schuldiger ausgemacht werden. So wurde die Ehrenkompanie wieder einmal pauschal bestraft, »Aufstellung!« sowie »Habt Acht!« geschrien und vor Publikum das Zerreißen der Urlaubsscheine zelebriert. Rettet das Rückgrat!

Doch der Honigmond mit Lucy war nur von kurzer Dauer, da er mit seiner Schafherde nach St. Kruzifix abrücken musste. Zu Weihnachten war er nicht in den Dunkelsteinerwald gelassen worden, doch jetzt wo ihm der Sinn nicht danach stand, mussten sie gerade dort Umbringen üben. Der Puma war dazu auserkoren seine Herde mithilfe einer Bussole durch den dunklen Tann zu lotsen, was ihm gründlich misslang. Die vorgegebene Toleranzzeit von zwei Stunden überschritten sie um einen Tag abzüglich einer Stunde. Am Treffpunkt war niemand mehr zu sehen und so Auto stoppte eine schwer bewaffnete, schwarz geschminkte und derangierte Schafherde die zehn Kilometer nach St. Kruzifix, wo sie prompt von der Militärpolizei hopsgenommen wurden.

Wieder stand der Puma vor dem Ministerrapport, diesmal gab es eine noch verantwortungsvollere Tätigkeit, das Verteidigungsministerium zu bewachen. Sie waren fünf Mann auf des toten Manns Munitionskiste, mit fünf Gewehren und fünfhundert scharfen Patronen. Keiner hatte eine gesonderte Ausbildung oder psychologische Tests machen müssen. Zwischen ihnen und dem Amoklauf lag nur ein Scherengitter, dessen Schlüssel sie besaßen. Doch ihre verantwortungsvollste Tätigkeit war jeden Abend das Ministerium säubern. Sie mussten jeden der aberhunderten Räume durchkämmen, ob sich in ihnen noch ein zartes Pflänzchen regte oder ein verantwortungsvoller General übermüdet auf dem Arbeitstisch zusammengesunken war, diesen Pechpilz nach unten geleiten, ein Taxi rufen und sicher nach Hause delegieren.

So lernten Curtis und der Puma den Lischar kennen. Der war Gärtner von Beruf und derart lieb, dass er nichts mitbekam. Er wähnte sich in einer großen Spieleshow und glaubte, wenn er alle Tätigkeiten, die man ihm auftrug, gewissenhaft und fleißig durchführte, er den Hauptpreis gewinnen könnte. Und so hatten unsere Schafe für ihn verschiedenste Aufträge. Als sie einmal frühmorgens, noch bei Dunkelheit in die Kaserne zurückkamen, stach ihnen die Augenweide ihres Leitschafes ins Auge. Es war dies ein Goldfischbecken mit allerlei flinken Fischlein. Die überdrehten Hammeln beauftragten unseren Gärtner, die Fische zu fischen, sie säuberlich in drei Teile zu tranchieren, die Köpflein in den vorderen, die Rümpflein in den mittleren, sowie die Schwänzlein in den hinteren Teil eines Salzgebäckschiffleins zu füllen und dieses hurtig auf dem leergefischten Teich schwimmen zu lassen.

Ein andermal zeichneten sie ihm die Linien für die Tulpenaussaat in den samenhungrigen Boden, sodass ihr Leitwidder eines Morgens eine Blumenpracht aufblühen sah, die ein gar garstig Schickelgruber'sches Zeichen in seine schlaftrunkenen Äuglein sandte.

Zur Belohnung fuhren die Schafe mit dem Lischar in den Prater und überantworteten ihn dort einer reifen und verantwortungsvollen Dame mit amerikanischem Schlitten, die unseren Gärtner sanft aus der Knabenwelt entführte.

Der Puma hatte nun schon eine stattliche Anhängerschar um sich geschart und so fühlte man sich stark genug, neuen Taten entgegenzufiebern.

Sie wollten die Pumas von Schönbrunn befreien.

Die Befreiung eines Pumas, der Abgang der Leutnants oder die Weisheit des Tierpflegers John Irving

Es waren einmal zwei Leutnants. Der eine hieß Sonnenblum, war wunderschön anzuschauen, mit seiner weißen Haut, seinen sanften dunklen Augen und seinem pechschwarzen Haar, doch war sein Gemüt traurig und düster umwolkt. Er versuchte seinen Liebes- und Weltschmerz zu vergessen, indem er seine Dienste verkaufte, in sein kleines Kämmerchen floh und die Jahresproduktion eines berühmten Cognacer Destilliergutes zu vertrinken suchte.

Der zweite Leutnant unserer Pumaherde nannte sich Bulldog, ein riesengroßer, blonder, blauäugiger Steirerlackel, einer von der besonderen Germanensorte, die der Puma zum Fressen gern hatte, ein Kaltlächler, der mit ihnen den Morgensport auch zweimal wiederholte, wenn es ihm passte, mit ihnen rund um die Uhr strafexerzierte und öfter jeden Abend Maskenbälle inszenierte. Bei einem Maskenball wurde die gesamte Kompanie in der abendlichen Freizeit vergattert, musste im Hof Aufstellung nehmen, die Waffen wurden auf Sauberkeit geprüft, die Montur öfters gewechselt werden. Das ging so:

»Aaaaaaaaantreeeeeeten in Spooooortkleidung!!!«

Inspektion der Sportkleidung, sie wurde für schmutzig befunden.

»Aaaaaaaaaaaaab in die Uuuuuuunterkunft, in fünf Minuten aaaaaaaaaantreeeeten in Paraaaaaaaaaaaadeuniform.«

Normalerweise dauerte das Antreten in Paradeuniform eine gute Stunde, da die Adjustierung naturgemäß schlampig ausfiel folgte der nächste Durchgang des Maskenballes.

»Aaaaaaaaaaaaaantreeeeeeeeten in Zivilkleidung!«

Da wurde der Schuhputz der Straßenschuhe kontrolliert und war ein Paar, von einhundertfünfzig schmutzig, dann – oftmaliges Wiederholen des Maskenballes.

»Hey bulldog, sheep dog standing in the rain«, die *Beatles* hatten schon Bescheid gewusst.

Das waren also die Männer, vor denen sie niemand gewarnt hatte, die Wildsauen, die ohne mit den Wimpern zu zucken, sie im Krieg abschlachten lassen würden. Und deshalb brauchten sie den Sonnenblum und nicht den Bulldog beim Morgensport, um Pumas Plan verwirklichen zu können.

Die Kaserne grenzte an den riesigen Park des Schönbrunner Schlosses. Sie liefen bei einem kleinen Türl, das die beiden Anlagen verband ins Gartenlabyrinth, drehten eine Runde, beim Retourlaufen ging es hurtig den Grünen Berg hinauf und da wehte es immer den strengen Wildtiergeruch von den Gehegen, in ihre malträtierten Nasen und Lungen. Derart neugierig gemacht besuchten Puma, Curtis und Lischar in ihrer Freizeit den Tierpark und fanden dort einen einsamen und alten Puma, dessen Pfleger auch schon bessere Tage gesehen hatte. Der Alte hieß John Irving und faselte immer etwas von Bärenloslassen und Motorrädern. Er war Amerikaner, der in den frühen 60er-Jahren in Wien kleben geblieben war, wegen einer süßen Maid, die ihm aber schon bald den Laufpass gegeben hatte. Als auch noch seine Freunde Hannes Graff und Siggi Javotnik bei Motorradunfällen ums Leben gekommen waren, beschloss er, nur mehr Tiere zu lieben und zog sich in den Tiergarten zurück. Nun hatte er nur mehr einen Pflegefall – den armen alten Puma.

Der Puma, auch *Silberlöwe* genannt, ist ein fleischfressendes Säugetier, eine sogenannte echte Katze oder auch kleine Katze, wie der Luchs. Man nennt ihn auch Kuguar und er ist in ganz Nordamerika, von Westkanada bis Mexiko und auch in Südamerika, bis Patagonien verbreitet. Er lebt sowohl im Gebirge, als auch in Laub- und Nadelwäldern und in Wüsten, wird bis zu 160 cm lang und 100 kg schwer. Der einzelgängerische Jäger und Allesfresser, reißt mit Vorliebe Hirsche, sein einziger Feind neben dem Wolf, ist der Mensch und er ist vom Aussterben bedroht.

»Der Mensch ist des Pumas Wolf«, dozierte der alte John und ließ dabei seinen beachtlichen Bizeps hüpfen.

Unser Puma wollte also den alten Puma befreien und er konnte keinen vernünftigen Grund dafür nennen. Vielleicht wollten sie eine symbolische Geste setzen, die ihr eigene Gefangenschaft charakterisieren sollte.

Der Plan konnte bald in die Tat umgesetzt werden. Den Bulldog schickte man auf Alpintraining in die Lizum, der Sonnenblum übernahm ihre Truppe, blieb aber weiterhin auf seinem Zimmer und gab sich seinen französischen Studien hin, sie waren ihre eigenen Aufpasser. Eines Morgens liefen sie früher weg, eine verschworene Mannschaft, bei Dunkelheit zwickten sich ihre Drahtscheren hurtig durch die Zäune, der Puma ward schnell angeleint und in einem aufgelassenen Turnsaal am Ende des Kasernengeländes versteckt.

Doch dann das Unvorhergesehene – der Bulldog hatte seinen letzten Ritt auf und unter einer Tiroler Lawine absolviert, die Ehrenkompanie durfte ihm in seinem kleinen steirischen Dorf, die letzte Referenz erweisen, der alte Puma fühlte sich vernachlässigt, brach aus und verwandelte die Kaserne in einen aufgescheuchten Hühnerstall.

Bald waren alle verhört, der Sonnenblum unehrenhaft entlassen und unser Puma stand wieder einmal vor dem Minister, der ihn wie einen alten Freund herzlich willkommen hieß. Diesmal bekam er Kellerdienst im Schießstand der Waffenkammer.

Im Keller hatte er eine Begegnung der Corvinusart. Er traf einen anderen Verbannten. Den Jerzy.

»You can talk to me. If you‘re lonely.«

Schönbrunn

Waun i aun Schönbrunn deng
Wiad mia's Krawatterl zeng.
Tua I den bledn Steffl seng
Tuat's lauta klane Keazaln reng.

I muaß Schönbrunn aus gaunzm Heazn hossn
Tarat gean de Bean duat ausselossn.
Da Pechlana hätt' daun den Vadruss
Und schaurat wia a schwoaza Autobus.

Waun mia auns scheene Wean dengn miassn
Tuat uns glei da gaunze Muat vadriassn.
Waun i aun Schönbrunn denkn muass
Wiad mia mei Uniform glei noß.

Waun i jetzt aun den Prota deng
Wiad mia mei Hosn recht schnö zeng.
Muaß i de Trud auf mei Brustba lossn
Weit hintn in da Protastroßn?

I muaß Schönbrunn aus gaunzm Heazn hossn
Tarat gean de Bean duat ausselossn.
Da Pechlana hätt' daun den Vadruss
Und schaurat wia a schwoaza Autobus.

Waun i auns Kunsthysterische dengn tua
Duat losst de Saliera den Seipl ned in Ruah
Daun tarat i gean a Spinx oda Mumie sei
Mit eingfaschente Haxn, Schedl und Bein.

Waun i beim Stoßspün kriag in Gstiß
Hauri da mei letzt‘s Atout ins Gfriss.
Vazupf mi gaunz schnö in de Bliah
Und woatat daun bis in da Friah.

I muaß Schönbrunn aus gaunzm Heazn hossn
Tarat gean de Bean ausselossn.
Da Pechlana hätt‘ daun den Vadruss
Und schaurat wia a schwoaza Autobus.

Waun i beim Deml mei siebntes Tuatal friss,
Was i, wias boid im Himmi is.
Waun i in Grinzing in‘d Rebm varreck‘
Roll i boid ins rode Teifeseck.

Wauns graue Weana Nochtgsicht aufsteigt
Da Straußn Schani bled aufgeigt
Daun kaun i Wean aus gaunzn Heazn hossn
Und di – Schönbrunn – fia imma valossn.

Junkies auf dem Küniglberg, Sliwowitz im Keller, Zuhälter bewachen die Kaserne oder wie der Stolz der Nation, an sich selbst zerbrach

Der Puma war im Keller, seinem neuen Arbeitsplatz, also auf den Jerzy getroffen. Der war ein so richtig kerouacscher Typ, ehrlich, bodenständig, dauernd betrunken und Liebhaber öffentlicher Gratis-Verkehrsmittel, kürzere Strecken pflegte er grundsätzlich auf Güterzügen zurückzulegen. Der Jerzy verwaltete den Schießstand und die tägliche Slibowitz-Ration für den Frühstückstee. Damit die Schäfchen den täglichen Trott und Drill verkrafteten, mengten sie ihren Getränken reichlich Zwetschken bei und waren so gewappnet gegen eine See von Plagen.

Ihre Freizeit verbrachten sie in mehr oder minder beleumundeten Bars, Diskotheken oder Gasthäusern der Underclass. Ihr Geld war klein, die Ansprüche jedoch groß. Um dieser Zwickmühle zu entkommen, hatten sie sich ein fesches Hochstapler-Gen zugelegt. Fuhren sie in die Provinz, kleideten sie sich in die Ausgangsuniform, was die Augen der jungen Damen glänzen und die Geldbörsen der älteren Ladies aufspringen ließ.

Ihr neues Domizil hieß *Gipfelwirt* und die Gäste bestanden aus der Schnittmenge von Angestellten der nahen Rundfunksanstalt, Studenten und Kaserneninsassen. Die Teile der Schnittmenge tauschten nicht nur Nachrichten, Trinksprüche, Körpersäfte und Telefonnummern, Gerüche und Gerüchte, sondern auch die Ergebnisse und Produkte der neuesten Laborforschungen auf dem Gebiete der Heilmittel. Zu diesem Zwecke zogen sich die Tauschpartner regelmäßig auf die abgeschiedenen Örtlichkeiten des *Gipfelwirtes* zurück, doch waren sie nicht vorsichtig genug, um das Interesse betriebsfremder Personen einzudämmen. Gerüchte und Nachrichten sind schnell. Fast ebenso schnell bekamen der Wirt und seine Gäste Besuch von neugierigen Staatsangestellten und viele verschwanden für einige Zeit hinter schwedischen Gardinen. Nicht so der Puma, der mit einigen seiner Praterfreunde wieder einmal in das graue Gebäude am Stubenring, zu seinem Freund den Minister zitiert wurde. Alle wurden versetzt, die Prateristen und der Puma nicht. Die Ersteren bildeten nun den Stamm der Torwache und unserem Puma machte man ein Angebot, das er nicht ablehnen konnte. Er sollte im Import- und Exportgeschäft hinkünftig tätig sein. Seine Handelsobjekte waren aber nicht Olivenöl, wie bei der seligen Familie Corleone, sondern Nachrichten, die er umgehend aus dem Herdenbetrieb in die Zentrale des Ministeriums weiterleiten hätte sollen, als Belohnung wäre er für einen Stern auserkoren gewesen wäre. Er bekam keinen.

Jerzy sprach dem Zwetschkentee derart inbrünstig zu, dass er nur mehr zum Besendienst eingeteilt wurde. Er kehrte morgens, er kehrte mittags und er kehrte noch immer, wenn die Ehrenkompanie ermattet vom Drillplatz zurückwankte. Zu Jahresbeginn wurde besonders viel geübt und exerziert, da viele neue Teppichtreter willkommen geheißen oder verabschiedet werden mussten.

Eines Abends ließ ein Schäfchen beim Üben seinen genagelten Schuh über das Kasernenhofpflaster schleifen und das gab eine gar lustige Geräuschkombination. Wenn man drei Schritte und einen Schleifer kombinierte hörte sich das so an:

»Tok, tok, tok – Sch… Tok, tok, tok – Sch… Tok, tok, tok – Sch…«

Das fand nicht nur der Erfinder lustig, sondern nach und nach stimmten alle Mitmarschierer in den neuen Rhythmus ein. Die Ehrenkompanie kurvte wie ein marodes Vehikel in den Kasernenhof zurück, sie hörten sich an wie der grimmige Schiffskoch Long John Silver auf dem Deck des *Schatzinsel*schiffes, nur dass sie weder ein Schatz erwartete, noch sie eine Insel hatten, auf die sie sich vor dem folgenden Desaster hätten flüchten können. Denn die Hüterhunde fanden das gar nicht witzig.

Noch dazu prallte der marode Tausendfüssler auf den zielstrebig auf sie zukehrenden Jerzy, der auch keine Anstalten machte, in seinem Tagwerk innezuhalten oder auf ein Nebengeleise auszuweichen. Der Zusammenstoß war unvermeidlich, die Hunde bellten, die Schafe blökten, Jerzy jammerte. In solchen Fällen marschierte die Kompanie führerlos weiter, bis sie auf eine Kasernenmauer traf, der Gardewurm schob sich zusammen wie ein 142-töniges Tango Bandoneon und der Puma hörte Carlos Gardel »Silencio« singen, die Ehrenkompanie zerbrach in ihre sämtlichen Bestandteile.

Man traf sich wieder beim Rapport, diesmal beim Häuptling.

Die Schafe besuchen den Poldi Gratz, nutzen seine Gastfreundschaft aus und zerstreuen sich in alle Himmelsrichtungen

Es war warm und unsere Schäflein waren schon ziemlich müde geworden. Bevor man sie jedoch an ihre Heimatherden zurückgab, durften sie noch ein Mal Großes vollbringen. Am Rathausplatz war die stattlichste Jungschafe-Angelobung der »neuen« Zeit geplant und die Ehrenkompanie sollte dem die Ehre erweisen. Man trainierte, übte, exerzierte und marschierte wie noch nie, schon die Hinfahrt war voll des Lobes über die zukünftige Großartigkeit, die jedoch unmerklich auf Großspurigkeit abglitt und im Größenwahn aller Beteiligten enden sollte.

Nach getaner Arbeit waren alle Mitwirkenden vom Wiener Bürgermeister Poldi Gratz eingeladen, im Festsaale des Rathauses an einer Galafeier teilzunehmen, eine großmütige Geste eines noblen Herren, der jedoch nicht ahnte, dass zwischen Schafen und Hunden ein 7-monatiger Konflikt schwelte. Am Höhepunkt des Empfanges schritt der »Mayor« Poldi, flankiert von Pumas Ministerfreund sowie seinem Häuptling, die Reihen der tafelnden Hammel ab. Die hatten sich jedoch vorher mit den Serviertruppen verbündet und diese hatten ihnen ihre hohlen Felltornister mit allerlei nützlichem Reiseproviant angefüllt, Gersten- und Rebensäften, Zwetschken- und Marillenkonzentraten. Doch Hütehund Alberich war aufmerksam gewesen, ließ die Ehrenkompanie am Rathausplatz antreten und zum Gaudium der noch versammelten Bevölkerung, die Lämmer ihre Beutetornister leeren. Nach dem Gelächter kam die Bestrafung, Urlaubsscheinentzug und Dauernachtwache im Ministerium. Der Puma wurde nicht mehr nüchtern, er stand auch nicht mehr von seiner Wachpritsche auf, sondern ließ den Curtis und den Lischar seine Dienste schieben. Er hatte abgeschlossen mit dieser Stadt.

»When you will realise, Vienna waits for you.«

Die folgenden Tage waren wieder seine Glassturzzeit, er vernahm die Außenwelt nur gedämpft und verzerrt wahr, wurde am letzten Tag in ein Auto verfrachtet und fuhr mit dem Curtis, dem Lischar und noch einem weiteren Schaf Richtung Süden. Sie tingelten durch die Steiermark, Kärnten, Tirol und Salzburg, zwei Monate waren sie unterwegs, nächtigten bei den Eltern seiner Mitreisenden, nur die Stummer wussten nicht, wo sich unser Puma aufhielt.

Er hatte Angst. Nichts war vollendet, weder seine Schule, noch eine Ausbildung, seine Talente lagen brach und Lucy hatte er seit Wochen nicht mehr gesehen.

Im Zug nach St. Kruzifix hatte er eine Vision. Er sah sich als Verlierer unter Millionen, der Einzige, ein weinender Clown und alle, wirklich alle weinten auch, wenn sie ihn sahen. Die Tränen ertränkten die Welt und er zerfloss vor Selbstmitleid; der Fall des Hochmütigen. Er kroch nach Hause zum Hasenfranz, um ihn um Asyl und Brot anzubetteln, wie die jämmerlichste Kreatur. So wurde er müde, der Schädel krachte ihm, der Magen wurde so schwer, dass er nicht mehr trinken konnte, ein müder Clown, ein schrecklich böser Gesell'.

Im Morgengrauen läutet täglich die Totenglocke, unmöglich ist es zu sehen, ob das Blut der Menschen gerinnt auf des Soldaten Rocke. Der Juniwind erhitzt seine Hirnrinde unerträglich.

Flüstern: »Er hat keine Wahl, er hat keine Wahl...«

Eigentlich ist er schon lange tot, genauer – seit seiner Geburt und das ist schon einige Zeit her.

»Tu es nicht, es würde vielen gefallen, tu ihnen nicht diesen Gefallen.«

Da kam er unvermutet heruntergesaust der *große schwarze Vogel*, mit 8-monatiger Verspätung, Mutter bist du das? Vergebene Chance würde Gorbi sagen. Aber Abhauen ist auch keine feine Sache.

Da ist er wieder dieses saublöde, rückwärtsgewandte Herdentier, der die Vielzeller in zarte Alabasterkörper zurückverwandelt. Du durchscheinender Todesschimmer, Menschenverzehrer, altersblöder Schwitzer im Zangenbrutkasten...

Der Zug bremste abrupt. Ein mitfahrender *Aficionado* hatte seiner Begeisterung über das zweite Tor, das der Walter Schachner im fernen Cordoba, den verduzten Spaniern hineinschoss, damit Ausdruck verliehen, indem er den Notbremsbügel zog.

Der Puma erwachte aus seinem 8-monatigen Albtraum.

Der verlorene Sohn kehrte heim.

Wie der verlorene Sohn heimkehrt, die österreichischen Fußballer einer Militärdiktatur huldigen und Odysseus wiederkehrt

Pumas Großmutter ging damals mit den Wichteln schon sehr früh ins Theater. Das erste Stück, das den Puma nachhaltig beeindruckte, wurde auf der Zenobacher Bauernlaienbühne gegeben: »Der verlorene Sohn«.

Das war es, dort wollte er auch ein Mal stehen, auf den Brettern, welche die Welt bedeuteten. Monatelang träumte er von den ungleichen Brüdern und dem Fest, das zur Heimkehr des Verschollenen gegeben wurde.

»Der Vater sah ihn schon von weitem und hatte Mitleid mit ihm.«

Der Puma stand vor seinem Vater, dieser ignorierte völlig die Erzählungen des weitgereisten Sohnes, ihn interessierte nur, was dieser denn nun so zu machen gedenke, ob er nach seinem 8-monatigen Fronturlaub wieder ein nützliches Mitglied der Erwerbsgesellschaft werden wollte.

Der Vater aber sagte zu den Knechten: »Holt schnell das beste Gewand und zieht es ihm an.«

Pumas Vater sah skeptisch auf dessen Adjustierung. Der hatte eine schrille Hose in buntem Schmetterlingsmuster an, ein vom Heer entliehenes Grünleiberl, jahrzehntemäßig undefinierbare Großvaterschaftstiefeln, eine Fliegerjacke und ein Stirnband.

»Bringt das Mastkalb her und schlachtet es, wir wollen essen und fröhlich sein.«

Das Angebot an den Abgerüsteten war folgendes: Er könne als Lehrling ausnahmsweise in der Zimmerei anfangen, bei Lehrlingsgehalt, obwohl er schon zweiundzwanzig Jahre alt war, dies sei sowieso eine Gnade, denn eigentlich bräuchten sie dringender einen Sägehilfsarbeiter. Am Abend würde er dann im Büro benötigt, wo ihm sicher seine Ausbildung in der nicht abgeschlossenen Bank- und Gemischtwarenschule zugute käme, was aber seine sonstigen Tätigkeiten, wie Haushaltführen, Brüdergroßziehen, Garten- und Bauernhofbetreuen nicht schmälern sollte.

»Denn mein Sohn war tot und lebt wieder, er war verloren und ist wiedergefunden worden.« Und sie begannen ein fröhliches Fest zu feiern.

Auf die Frage unseres Heimgekehrten, wann er diese interessanten und vielfältigen Tätigkeiten aufnehmen sollte, sagte Hasenfranz kurz aber knapp: »Gleich.«

Und das Schaf blökte: »Ja.«

Sein älterer Sohn war unterdessen auf dem Feld. Als er heimkam, sah er das Fest, wurde zornig und stellte seinen Vater zur Rede, was das bedeuten soll.

Der Vater sagte: »Dein Bruder ist gekommen.«

Er aber: »So viele Jahre schon diene ich dir, und nie hast du mir auch nur einen Ziegenbock geschenkt, kaum aber ist der hier, der sein Vermögen mit den Dirnen durchgebracht hat, wird das Mastkalb geschlachtet.«

Sein Bruder Tiger war kurz heimgekommen von seiner Pioniertätigkeit und fragte ihn, ob er sich wirklich diesen Wahnsinn im Hause Hasenfranz antun wollte, doch der Puma hatte keine Wahl, ihm wurde ein Angebot gemacht, dass er nicht abschlagen konnte.

»Mein Kind, du bist immer bei mir und alles was mein ist, ist auch dein, doch dein Bruder war tot und lebt wieder, er war verloren und ist wieder gefunden worden und jetzt lass' uns feiern.«

Odysseus war zurückgekehrt. Er hatte beim Bründl gelebt bei den sieben Marksteinen im Dunklen Wald. In einem Erdloch bunkerte er Vorräte, Wasser war genug vorhanden und er hatte in den langen Monaten sein Liedgut vervollkommnet. Beim *Brecht*-Wirt umarmten sie sich und den Rudel.

»Wo warst du solange?«, fragte Rudel.

»Baker Street«, sang Odysseus.

»War's schön?«

»Like a sunday in Salem«, der Grieche.

»Hast du uns vermisst?«, der Puma.

»Can't smile without you, das war schön!«

»Und deine nächsten Pläne?«

»Take me to the river«, gab Odysseus die Koordinaten aus.

Und so sollte es auch sein. Das Triumvirat brach zum Pielachstrand auf, bewehrt mit feinen Doppellitern *Nordhangler*, feinster Räucherware und einem unbestechlichen Reiseführer von Karl Marx und Friedrich Engels.

Ein Gespenst geht um in Stumm, alle Mächte haben sich gegen es verbündet, der Bürgermeister, der Hasenfranz, der Egilof, der Pfarrer Adriel; ab nun hieß es: »Auf zum Pumajagen!« Rudel und Odysseus wurden gerne als Kollateralschäden in Kauf genommen.

Die erste Amtshandlung ging von den örtlichen Jägern aus. An einem Sonntagmorgen fuhr der Puma flott und froh mit seinem Entenfahrzeug, einem Nachbarorte entgegen, als ein Schuss den weihevollen Morgen zerriss und von seinem Fetzendachl die Fetzen herunterhängen ließ. Die darauf folgenden Nachforschungen verliefen im Pielachsand.

Der Puma war vorgewarnt. Beim Dritten wurde es kritisch. Wie sagte man so schön in ihren Ballestererkreisen:

»Drei Corner – Elfer!«

Jetzt hatte der Puma doch ganz entspannt den österreichischen Kickern bei ihrem Weltmeisterschaftsauftritt im fernen Gaucho- und Tangolande zuschauen wollen, da kam ihm nicht nur das überraschende Engagement im väterlichen Gewerke dazwischen, auch der Egilof wies ihn auf einen fundamentalen Denkfehler hin: Wie er denn sein konsumatorisches Freizeitverhalten mit der Tatsache, dass in dem Fußball-Lande auch während der Festspiele Menschen verschwanden und massakriert wurden, kombinieren könne.

Er zog sich verwirrt auf die Hohenegg zurück, setzte sich unter eine Bergulme und sprach mit deren Pilz:

»Die Sklaven, Plebejer, Leibeigenen und Gesellen werden sich bald erheben gegen ihre Unterdrückung durch die herrschenden Klassen. Die Bourgeoisie, die feudalen, patriarchalischen und idyllischen Verhältnisse werden zerstört.«

Der Pilz antwortete: »Be cool brother – times are a changing!«

Pumas Comeback in Stumm, London ruft, »Bobby Brown goes down« und das Versprechen an die Heilige Maria

Unser Puma hatte glorreiche Höhen erklommen. Er befand sich gerade in einem heftigen Disput mit seinem Polier Gessler, die beiden saßen sich auf einem Dachreiter gegenüber und beflegelten einander fürchterlich. Sein Vorarbeiter nannte ihn einen »Hudriwudri« und »hoppertatschig« und drohte ihm eine Hirndetschn an. Der Puma hatte bloß vergessen, den Luftdruck bei der Nagelpistole richtig zu regulieren und so waren dem Jähzornigen die Nägel nur so um die Ohren geflogen. Mittlerweile war unser neuer Zimmerer solche Ausbrüche bereits gewöhnt. Sie fanden am Tag ebenso oft statt wie der Stundenzeiger einer Uhr eine Zwölferrunde einlegte. »Nua kaa Schmoiz ned, nua ka Schmoiz!«, hätte ein berühmter Westwiener Poet gesagt und sich im Lehnstuhl zurückgelehnt und sein Gegenüber einen »Grobler« genannt.

Aber sie waren halt keine Artmänner sondern Zimmermänner, der Stolz des Handwerks, das Rückgrat der Zünfte, die Perle des Baugewerbes, echte Professionisten aus Schrot und Korn. Doch in Wahrheit war seine Truppe ein bunt zusammengepfuschtes Mosaik von geistesgestörten Kriegsheimkehrern, Menschenverächtern, Opportunisten, Sadisten und Alkoholikern. Tausend Mal hatte es der Puma versucht, mit diesen menschlichen Versagern einen humanen Umgang zu pflegen und war schon nach dem ersten Satzversuch kläglichst gescheitert. Er legte sich eine dicke Haut zu, versuchte seiner Seele eine Rinde zu geben, doch die Methoden der Provokateure waren zu raffiniert und es gelang ihnen immer wieder, ihn aus seinen Reserven zu locken. Es genügte nicht, dass es schon schwierig genug war, dieses alte und hochkomplizierte Handwerk zu erlernen – Nein – die Gesellen ließen ihn auch in jeden Fettnapf tappen und entblödeten sich nicht, ihm vielfältigste Fallen zu stellen. Er war aber nicht alleine, weitere drei Lehrlinge durften sich dieser fragwürdigen Zuneigung erfreuen.

»Zwirnscheißer, kumm her, i brauch a Dosn Teufelsblau, oba dalli«, der Puma sauste in die Werkstatt, da Geschwindigkeit alles war in diesem Blitzgneisserberuf, nicht ahnend, dass es nur den Farbton *Engelsrot* gab.

In den Essenspausen wurde getratscht. Er hatte noch nie erwachsene Männer, derart viel Schrott und Müll hecheln hören, jedwede Person, Beziehung, Verwandtschaft oder jedwedes Ereignis kauten sie durch, machten sie bzw. es schlecht. Die Phantasie reicherten sie durch Lügen und Intrigen an. Die einzigen guten Menschen, die auf dem Erdball schließlich übrig blieben, waren sie die strahlenden Ritter der Tafelrunde, die weißen Gandalfe, die goldenen Parzivale und Hüter des Grals: Die Heiligen Zimmerer.

»Du kaunst mi bucklfünferln und bucklkraxentrogn, du Bradlgeiger!«, jetzt war dem Puma schon wieder was passiert, er hatte vergessen dem Vizepolier rechtzeitig die Nageltasche zu reichen und ihm außerdem eine unentrindete Dachlatte gereicht.

Dabei hatte sich unser neuer Lehrling so auf diese Baustelle gefreut. Sie waren beauftragt, das Renaissanceschloss Schallaburg, in der Nähe von Melk, mit einem neuen Dach zu versehen und der Puma hoffte in der Mittagspause, vielleicht mit seiner Ente einen Abstecher zum nahen Bootsverleih von Belle machen zu können. Doch nix da! Mittagspause war gestrichen wegen pausenlosem Zimmererprovozieren.

Am selben Abend wankte er vollkommen fertig ins Gasthaus *Brecht*. »London calling«, sang Odysseus freudig, als er ihn erblickte und der Rudel nickte im Takt mit den *Clash*. Es soll »spanische Bomben« regnen, dachte der Puma ergrimmt und warf die aktuelle Lieblingsscheibe vom Rudel ein, *The Specials* verbeugten sich vor unserem Freund und schickten ihm eine Botschaft und auch der Puma wartete auf eine Botschaft aus Wien oder besser gesagt, es wäre ihm lieber gewesen, wenn statt dieser ein Mensch, besser eine Menschin gekommen wäre, eine ganz bestimmte nämlich: SIE!

Da sie aber nicht kam, spülte er »Roxanne« durch seine Ohren und Unmengen von Bier durch seine Kehle. Er hatte begonnen regelmäßig und unmäßig zu saufen, ein echter Zimmerer also, dazu rauchte er wie ein Schlot und war jedweden pharmazeutischen Experimenten nicht abhold. Benehmen tat er sich wie dem Zappa sein »Bobby Brown«, sein Weg war steil abwärts eingeschlagen, er beschritt die Pfade seiner Mutter und des Rudels, führte ein recht grausiges »Street Life«. Seine Verhältnisse waren so schlampig wie er und was am schlimmsten war: er wurde wehleidig und sentimental.

Der negative Höhepunkt war, dass er in die Berufsschule nach Nibelungen musste.

Das war erst ein Spaß. Er erwartete in eine Kinderrunde zu geraten, doch landete er in einem Haufen von abgewichsten und abgebrühten Arbeiterkindern, die alle schon ihre Lektionen gelernt hatten und dem Puma schnell beibrachten, was er noch nicht wusste und vor allem, wie er sich in der feindlichen Gesellen- und Meisterwelt zu behaupten hatte. Das herausragende Erlebnis des ersten Berufsschulbesuches war die Teilnahme an den Bundesschulsportbewerben in der Südstadt. Noch nie hatte er eine derart beweihräucherte Truppe bei einer Sportveranstaltung antreten sehen. Der Rest der Mannschaft betätigte sich auch: Sie verwirklichten den Joe Jackson Song in den weitläufigen Katakomben des Stadions: »Is she really going out with him?«

Am Faschingdienstag das Schockerlebnis: In den zwei Stunden Ausgang besoffen sich fünfhundert Berufsschüler derart, dass sie mit der ebenfalls bereits stark illuminierten Nibelunger Bevölkerung in einen sinnlosen aber gefährlichen Wettstreit traten. Die Schlägereien dauerten die halbe Nacht. Die Rettungsautos halb Niederösterreichs waren im Einsatz um die Maroden in die Spitäler zu karren.

Der Puma jedoch zeichnete. Er hatte sich einen Malblock zugelegt und klapperte mit seiner *Ente* in jeder freien Minute die geschichtsträchtige Gegend ab und zeichnete, was ihm vor den Bleistift kam. Warum er zeichnete?

Er war durch seine schulische Vorbildung von einigen Gegenständen befreit und streunte wahllos durch die Stadt, dabei entdeckte er eine historische Perle. Die Nibelunger waren nicht nur stolz, dass sie in grauer Zeit die Burgunder bewirten durften, ehe denen im Ungarischen so malerisch der Garaus gemacht wurde, sondern sie hatten auch entdeckt, dass sie Geburtsort eines Genies waren und so gab es ein Kokoschka-Geburtshaus, wo der Puma jede freie Minute verbrachte.

Ein wahrer Jolly Joker. Dann traf er die serbische Maria.

Sie war Kellnerin in einer Bar, die er immer aufsuchte, wenn seine Freunde die neuesten Bruce Lee-Filme begutachteten.

Jetzt muss man wissen, dass der Puma ein sehr seltsames Faible für Kellnerinnen hatte. War es die Freundlichkeit der Damen, die er missdeutete, gefiel ihm die Lebhaftigkeit dieser Maiden oder war es die rasche und vielzeitige Verfüg- und Verführbarkeit mancher Lady? Die Maria wollte mit ihm jedenfalls das Nibelungen gegenüberliegende Maria Taferl besuchen. Ein berühmter Wallfahrtsort, dem Puma wohlbekannt, da er dort oft mit seinen Großeltern zu wallfahren pflegte und auch schon bei zwei Hotels die Dächer reparieren durfte.

Unser Zeichner und seine Gefährtin ließen sich vor der großen Kirche nieder und Maria bespöttelte Pumas radikale Strichführung, später lotste sie ihn in die Kirche und bestaunte mit glänzenden Augen die Splitter vom Kreuz Jesu, die Tränen seiner Mutter Maria und zahllose andere Reliquien. Dem Puma fiel es leicht, die völlig aufgelöste Gläubige zu einer Ruhepause in einem der ihm bekannten Hotels zu überreden, wobei sie ihm vorher ein Versprechen entlockte, an das er sich später nur als Versprecher erinnern konnte, das aber zwei Familien in eine lange und folgenreiche Kontroverse stürzen sollte.

Jetzt konnte ihn nur mehr der Dobbin retten.

V

Wie Maria ein Opfer der Familienkonferenz wurde oder »Lady Madonna children at your feet«

»Ach Maria, das Kind hängt dir am Bein.«

Der Puma sitzt wieder auf der Aussichtsplattform der Hohenegg und stiert verbissen in die Ferne, um die Feinde rechtzeitig nahen zu sehen, die er selbst erschaffen hatte. Es war vollbracht.

Die serbische Maria, in die er Nullkommajosef verliebt war, befand sich durch seine tatkräftige Beischlafhilfe in besonders delikaten Umständen. Ein kleines Pumachen wuchs in ihrer Gebärmutter heran, war doch zu etwas nutze, die Berufsschule.

»Weiß' nicht, wie du's schaffst, doch finde dich drein.«

Wäre er doch mit seinen Zimmerern, Bruce Lee-Schauen gegangen. Verhüten?

Ja schon, aber nicht wenn man geil, wie ein Eber ist und außerdem, würden alle verhüten, gäb's keine Verhüttelung. Unser Puma war ein berüchtigter Witzeweltmeister, in der klassischen Gewichtskategorie: unfassbar – unhörbar – unerhört, auch »take the money and run« genannt.

»Wer sorgt fürs Gerschtl, wenn die Miete naht?«

Puma weinte, schrie, tobte und schlug seinen Kopf an dem Amphibolit wund, starrte wieder in den Abgrund hinunter, den er schon einmal für einen eleganten Abgang genutzt hatte.

»Glaub nicht, das Geld sei ein Himmelsstrahl!«

Würden die Maria und ihre Katholen einverstanden sein mit einer Abzahlung? Schwer auszurechnen. Hasenfranz: »Der Pappi wird's schon richten, das g'hört zu seinen Pflichten, der Pappi hot des Göd!«

»Ach Maria, Baby an der Brust.«

Geld! Mit Geld hatten sie so etwas immer bereinigt, die Vogtbauern. Wieder ein Schluchzer, ein Schneuzer, ein selbstmitleidiger Heuler. Der Puma holte die Brüder *Black and White* aus seiner Satteltasche und führte ein intensives Trigespräch mit ihnen.

»Montagskind weiß alles, schau nur, wie es rennt!«

Der Puma fing nach einer weiteren Gesprächsrunde mit den Brüdern zu halluzinieren an. Er fühlte sich entmannt wie Abelard, dachte an die biedermeierlichen Abortusunfälle, wollte alle Rechte an der Vaterschaft abtreten, war sich seiner Abartigkeit bewusst, durfte Abbitte leisten, registrierte nur mehr weibliche Abdomen, sah einen riesigen Berg Abführmittel auf sich einstürzen, seine Abgebrühtheit war mit einem Male abgenabelt, er war das Abszess am Arsch der Gesellschaft, der Abzokker der Lady Madonna und schnell genehmigte er sich noch einen Absacker.

»Ach Maria, Baby an der Brust, hör nur die Musik und singe vor Lust!«

Mittlerweile dürfte sich der Hasenfranzclan vollzählig zur Familienkonferenz in Stumm versammelt haben, um über das Wohlbefinden unserer Unglücksraben zu beraten.

Sie hatten schon ein Problem dieses Jahr unelegant zu lösen versucht. Der Tiger hatte sich entschlossen zu heiraten, natürlich eine Dame seines Geschmacks. Der Hasenfranz hetzte ihnen, als Verlobungsgeschenk sozusagen, einen Privatdetektiv auf den Hals, der die Zukünftige beim vorehelichen Ehebruch ertappen sollte, aber nach kurzer Zeit kannte sich sowieso keiner mehr aus und der Tiger war vermählt.

»Ach du Maria, Kinder ziehen am Bein, keine Ahnung wie du's schaffst, doch du findest dich drein.«

Die Familienkonferenz hatte entschieden. Maria wurde Nonne, das Kind ein Engel, manche wurden reich und schworen bittere Rache. Der Puma hatte weiterhin ausgiebig Zeit, mit vielen Flaschen sinnlose Gespräche zu führen. Er wünschte sich fort von der geistestötenden Langweiligkeit und Gewöhnlichkeit. Er war in der Blüte seiner Jugend durchdrungen von Gefühlstiefe und Abenteuerlust und träumte von einem wilden und ungebärdigen Leben. Dem Leben eines Mannes, das eng mit Alkohol, Drogen und – *Lucy* – verschlungen war.

Er flüchtete nach Wien.

»Drive my car«, im U4 »geigen die Goldfisch« oder wie der Puma Lucy besuchte

Seine Chauffeuse Baby war bestens ausgebildet, ihr Bruder war bei einem Training für ein Bergrennen abgetreten, indem er einen Baum letztmalig umarmte, sie selbst hatte ihre Hand bei einem Mutprobenrennen am Grunde eines Steinbruches gelassen. Baby hieß eigentlich Asta, war die hoffnungsvolle Jungpflanze der Zenobacher Jugend, umfassend gebildet und talentiert, aber hoffnungslos demotiviert und gänzlich dem Weihrauch verfallen. Der Puma war ein aufmerksamer und hingebungsvoller Beifahrer. Der lag auf der Rückbank der Ente, süffelte *Black* und sprach mit *White*.

»Komm sei mein Chauffeur Kleine, ich bin zu Großem berufen, in Wien warten alle, wirklich alle auf mich. Die ganze Stadt wird auf den Beinen sein, wenn wir im Auhof in sie schneiden, mit unserer blauen Bugwelle, ich werde berühmt als Sänger, Filmstar oder Schriftsteller, was heißt oder? Und! Und! Und! Undundund!!!«

Baby warf einen besorgten Blick in den Rückspiegel, der karenzierte Zimmerer stierte gerade auf seine Lederjacke.

»Ja, aus mir wird noch viel, meine Chancen sind gut. Ich schufte nie mehr für ein Butterbrot. Wenn wir da sind, fange ich gleich an, ich habe bereits einen Chauffeur und brauche nur mehr Liebe. Im ›U4 geigen die Goldfisch‘«, schrie er noch, dann schnarchte er weg.

Baby jedoch brachte unseren maroden Jungstar nicht in das Meidlinger Untergrundetablissement, denn der Conny vor dem Tore hatte Aversionen gegen trunkene Landjunker. Vor allem wenn sie keine Prinzen, sondern Deppen waren, fanden sie kein Asyl in seiner Musikhöhle. Sie verfrachtete unseren Jüngling also in die *Camera*, wohl wissend, dass dort die Lucy auftauchen würde.

Der Puma saß im Kinosessel und glotzte verständnislos auf die Leinwand, wo ein endloser Warhol'scher Akt dargebracht wurde. »Blue movie« allüberall.

»Kleine sei doch mein Chauffeur, vielleicht gibt's Liebe dafür«, doch unsere Dunkelsteiner Sumpfblüte wurde mittlerweile nur mehr ferngesteuert, von seinen Mutterdämonen, seinen Vaterängsten, der Versagerphobie, dem Zukunftshorror und den verschiedenen Treibstoffen, der Pflanzen- und Pharmawelt.

»Ich bin ein freches Mädchen – ach tu' nicht so – ich bin's hoho!«, Lucy knabberte am schleimigen Ohrläppchen unseres desorientierten Helden, schob ihre Zunge danach in seinen Mund, mit einem hurtigen kleinen Pillchen darauf, sagte »brav schlucken«, der Puma ordnete *Black and White* im Gänsemarsch an und wartete auf die Erlösung.

Auf der Leinwand erschien Stumm. Er sah einen Familienfilm. Ein dicker, gemütlicher Zimmerermeister saß mit seiner dicken, rosigen Zimmermannsgattin, mit einer Schar dicker und zufriedener Zimmererwelpen am Frühstückstisch. Der Vater schenkte den Kindern orangenen Orangensaft ein, die Tulpen im Garten wiegten sich sanft in der leichten Frühlingsbrise, am Tor des frischgestrichenen Jägerzaunes lehnte der Postbote und brachte: Seine Todesanzeige!

Lucy zerrte den Schwitzenden auf die Tanzfläche und sie tanzten den Nachmittag weg, den Abend hindurch, die Nacht entlang, den Morgen hinauf, in den neuen Tag hinein, um die Mittagssonne herum, die blauen Stunden hinunter, mit den Sekunden um die Wette, kickten die Minuten weg, verhöhnten die Stunden, befahlen den Tagen: »Halt!«

Nie wollten sie erwachsen werden.

Der *Stoascheißer-Koal* lachte bereits verhalten.

Sie tanzten mit Außenseitern, Spielverderbern, Höhlenmalern, Geheimnisträgern, Geldsäcken, Dichtern, Soldaten, Priestern, Jungfrauen, Börsenmaklern, Patmosfahrern, Arschlöchern, Huren, Königskobras und schmusten mit Hütchenspielern, Feuerschluckern, birmesischen Schlangenbeschwörern, australischen Tuntenbetörern, balinesischen Tempeltänzerinnen, Wiener Politessen, Frauenmördern, Männerschindern und bewunderten das frischen Blut, den Schweiß und die Tränen am Dancefloor.

»Kleine sei doch mein Chauffeur, vielleicht gibt's Liebe«, Puma wollte weg.

»Ich hab kein Auto, bin noch zu junges Gör', doch ich will Liebe!«, echote Lucy, mit den Kaleidoskopaugen und dem hungrigen Honigblick, dann regnete es Diamanten aus einem Himmel voll Orangenmarmelade. Der Puma und Lucy irrten durch einen Wald voll Pampelmusenbäumen, erreichten eine Wiese mit Zellophanblumen, winkten dem grinsenden kleinen Volke zu, das an der Brücke beim Bächlein lagerte und Eibischzuckerl mampfte. Plastikdienstmänner mit Spiegelkrawatten hielten ihnen ein Zeitungstaxi an und alle lachten die untergehende Sonne aus.

Der Puma erwachte in einer Badewanne. In seinem Gehirn tobte unendlicher Hafenlärm. Die Promille, die an seinen Synapsen angedockt hatten, warfen nacheinander Leine und stachen in See. Als sie fortgesegelt waren, dämmerte es. Morgen oder Abend? Wurscht!

Unser Gezeichneter rollte sich über den Wannenrand, plumpste auf den Badezimmerboden und kroch auf allen Vieren in Lucys Schlafzimmer. Ein grindiger, rotäugiger Eisbär mit dem Badzimmervorleger als Fell auf dem Rücken kniete vor der Angebeteten. Diese wollte fürs Chauffieren – Liebe. Sie machten »Instant Karma« Wegwerfliebe. Er schnell. Sie langsam. Er geil. Sie gefühlvoll. Der Krieger trifft auf die Schaumgeborene, das Waldviertel vereinigt sich mit der Renaissance. Keiner versteht den Andern. Shit happens.

Die Lenden lachen, die Betten krachen, die Alten wachen, die Bäcker backen fette Sachen, die viele Flecken machen, doch diesmal landete der mögliche Nachwuchs im Minnelinnen.

»Kleiner sei doch mein Chauffeur, danke für den – beep beep mmh – Verkehr!«

Puma und Lucy bestiegen die Ente und schaukelten durch den Wienerwald nach Stumm.

Sie wollten es genau wissen. Was damals war und wie es wird sein.

»Fool on the hill« oder wie der Puma versuchte klare Verhältnisse zu schaffen

Hasenfranz brüllte seinen Sohn an, die Birne gerade vom Hochroten ins Violette hinüberschimmernd: »Krüppelgspül, hundsvermaledeites!«

Sein hoffnungsvoller Nachwuchs hatte ihm einige Fragen, die ins Grundsätzliche tendierten, zu stellen versucht, wie er denn zu seiner und der Familie Vergangenheit im Besonderen, der des Dorfes und des Landes im Allgemeinen, stünde:

»Warum sie sich immer den Mächtigen anbiederten, dabei aber todsicher aufs falsche Pferd setzten, immer nur den Mördern und Brandschatzern, Ausbeutern und Kinderschändern nachliefen, als Dank nicht einmal einen warmen Schas bekamen?«

»Warum er, der Hasenfranz, nie mit seinem Nachwuchs solidarisch sein könne, ihn nie in Schutz vor Lügnern, Verleumdern und Vernaderern genommen habe, seien dies Lehrer, Pfarrer, Mitschüler oder Verwandte gewesen?«

»Warum er seine Kinder ausbeute, seinen Arbeitern, Hilfskräften und Gastarbeitern einen so schlechten Lohn zahle, so ungerecht, nachtragend, intrigant, neidisch und verzweifelt sei?«

»Warum er Pumas Mutter nie geheiratet habe und in ihrem Elend verkommen ließe?«

»Warum er ein Faschist geworden und es immer geblieben sei?«

Der Hasenfranz und Puma befanden sich in der Zimmererwerkstatt und dies war ein denkbar schlechter Ort für eine derart intensive Auseinandersetzung, denn da lagen massenweise Waffen herum, Äxte, Sägen, Hämmer, Sappel, Hacken, Messer, Stemmeisen, Prügel.

Hasenfranz wählte bedächtig eine Hacke, wiegte sie in der Hand und schleuderte sie behutsam Richtung Pumas Scheitel, den warf es in einen Hobelschartenhaufen.

Der Puma schwamm mit der Ente zum Gasthaus *Brecht*.

Der Rudel rülpste und Odysseus strahlte, als sie des verlorenen Sohnes ansichtig wurden.

»Was habt ihr die ganze Zeit ohne mich getan?«, fragte Puma die beiden.

»More than I can say«, Odysseus sang wieder.

»Wo ist Dobbin?«

»Hungry heart«, der rastlose Grieche.

»Kommt ihr mit auf die Hohenegg, dort ist heute das große Fest?«, lud der Puma seine Freunde ein.

»Just for two of us«, und recht hatte Odysseus, da Rudel zurückblieb und mit seinen Geistern sprach.

»Wir müssen die Damen noch holen«, der Puma in der Ente zum Weltenbummler, »kiss on my list«, dessen Antwort.

Die Ente kurvte mit ihren Insassen den Dunkelsteiner Berg hinauf, beim Architektenanwesen kurz angehalten, den Schrei der Eule nachgemacht, Lucy und Baby kamen aus der Wohnscheune gesaust und weiter schaukelte das Franzosenauto Richtung Ruinenfest. Alljährlich veranstalteten die Freiwilligen Feuervermeider zu ihren eigenen Ehren und Nutzen ein über die örtlichen Grenzen hinaus berühmtes, riesiges Besäufnis und Befressnis. Auch die gesamte Dorfjugend von nah und fern schloss sich diesem Brauchtum an, um die Gelegenheiten zu nutzen und verschiedenste Erfahrungen und Körper auszutauschen. Unsere Freunde hofften dort auf Dobbin zu treffen und so war es auch.

Nach einigen Aufwärmrunden Gerstensaft fühlten sie sich mutig genug und ahmten und äfften die hiesigen Tanzriten nach, was einige der Wolfshautträger erboste und sie ab nun unter aufmerksamer Beobachtung standen.

Dem Biertrinken folgte der Wechsel in eine Kellerbar der Ruine und dort kam es zum Eklat.

Eine angeheiratete Wolfshaut näherte sich dem Puma, zog den Arglosen in ein Gespräch und sonderte ihn von seinen Freunden ab, nur der Odysseus roch Unheil und folgte ihnen in einen Nebenkeller. Sie stiegen noch eine Treppe hinab, der Feuervermeider hatte dem Puma freundschaftlich einen Arm auf die Schulter gelegt, an den Wänden staken brennende Fackeln, es roch nach jahrhundertelangem Verderben. Plötzlich standen sie vor einer Meute zähnefletschender und schlagstockbewehrter Wolfshäute. Ein Femegricht! Die Verhandlung gegen die Familie Hasenfranz ist eröffnet. Der Angeklagte Puma solle bitte vortreten und das Urteil vernehmen. Stellvertretend für die Vergehen der Vogtbauern und seiner eigenen ewigen Provokationen, der anwesenden Vertreter und Bewahrer des Alten, Schönen und Guten und im Namen aller Fleißigen und Tüchtigen Stumms, werde er dazu verurteilt, Prügel bis zum Eintreten der Besinnungslosigkeit entgegenzunehmen.

Der erste Schlag, ausgeführt vom Verwandten, traf ihn an der Schulter, vor Schmerz vornüber gebeugt, landete die nächste Keule seitlich an seinem Kopf. Er stürzte auf seine Knie.

Odysseus, der Mutige, eilte herbei und versuchte mit seinem Körper den Leidenden zu beschützen. Die Wolfshäute nahmen sich gründlich seiner an. Ein Hagelgewitter von Schlägen ging auf den vermeintlichen Retter nieder, als der bewusstlos war, widmeten sich die Stummer Rächer wieder liebevoll unserem Verurteilten, dessen Besinnung zu schwinden drohte. Er begann zu beten:

»Tage und Tage allein auf dem Berg. – Der Mann mit dem dämlichen Grinsen schweigt. – Niemand will ihn kennen. – Er ist nur ein Narr. – Sie fragen ihn, sie schlagen ihn, doch er schweigt. – Der Mann auf dem Hügel sieht die Sonne niedergehen. – Odysseus hilf mir! – Die Welt fängt an sich um meinen Kopf zu drehen. – Schnellen Schrittes kommt die Wolfshaut. – Der Mann mit dem großen Prügel, der tüchtig haut, doch niemand da, der ihn hört. – Der Mann in der Ruine, der singt nun gar laut, doch niemand scheint ihn zu mögen. – Sie wissen, was er sagt, scheint keinen Sinn zu ergeben und niemals zeigt er Gefühle.

Doch der Narr auf dem Hügel sieht den Mond aufgehen und die Sonne im Kopf explodieren. – Der Junge im Keller, dem die Sinne verwehen, sein Beschützer, dem sie gerade den Kopf verdrehen. Sie wissen, dass sie Narren sind. – Niemand kann sie leiden. – Doch bald schon sehen sie die Sonne untergehen und niemand wird sich je nach ihnen umdrehen.«

»Watch me now, I'm goin' down« oder verletzt wurde niemand

Blackbird fly. Odysseus war tot. Erschlagen von einer Meute Wolfshäute, von getarnten Spießbürgern, die ihre Existenz nur als Wartehalle ansahen, bis die nächste Bestie auftauchte, der sie besinnungslos nachlaufen und in deren Namen sie morden konnten.

Getötet von den Kindern der Eichmänner, Kaltenbrunners, Schirachs, Himmlers.

Gemordet von den Enkeln der Goebbels, Görings, Brunners, Heydrichs und Gross'. Umgebracht im Namen Schickelgrubers.

Und am Rande Stumms sitzt ein applaudierender Bärentaler und versucht die Ortstafeln zu verrücken, auf denen steht: »Sprich – Stumm und Ende von Schweigen.«

Der Puma halluzinierte. Er lag verletzt in einem Zelt, in Sicherheit gebracht von seinen Freunden, sein Kopf auf Lucys Schoß, die ihm das Blut von der Stirn zu wischen versuchte, als Dobbin hereinkroch und die Todesnachricht brachte. »Ich muss weg von hier«, ächzte der Puma. Er halluzinierte weiter: »Weg Lucy, wir machen es so, ich durchquere den Wald, ich fühle mich nicht sicher. Weder auf der Straße noch sonst wo, nur im Wald, Lucy, nur im Wald, hörst du, fühl ich mich sicher. Lasst mich in den Wald, ich muss zu Frau Robinson, nur in Oberwölbling bin ich sicher, wir treffen uns am Pranger.« Er sprang auf, stieß seine Freundin zur Seite und stürzte aus dem Zelt. Er torkelte über die Wiese hinter der Ruine, verschwand ungesehen in einem Graben, den er entlang lief und bog in den Hohlweg ein, der schnurstracks den Dunkelstein hinaufführte.

»Dead night.«

Auf der Flucht. Der Puma keuchte und schwitzte den sechshundert Meter hohen Dunkelstein hinauf, zwischen alten Eichen verharrte er kurz. Was war das? Ein Singen! Er hörte eine Drehorgel. Er kannte das Lied. Sie hatten es immer in der Glotze gespielt, am Beginn der Schauergeschichten Roald

Dahl's. Das Lied forderte ein Versprechen ein, aber welches? Er lief und zermarterte sich das Gehirn und lief auf den Berg und lief durch die Wolfsgrube, die Oeder Leiten entlang. Er suchte den Dunklen Stein, einen Kultort, den noch niemand gesehen hatte. Völlig erschöpft erreichte er den Gipfelfelsen, lehnte sich an eine Föhre und verbarg sich in ihren Wurzeln, die um eine Steinpyramide geschlungen waren. Der Puma hechelte und starrte mit leerem Blick Richtung Bildföhre.

»Broken wings.«

Währenddessen hatten sich Lucy, Baby und Dobbin zur Ente geschlichen und diese im Leerlauf die Bergstraße hinunterrollen lassen, auf dem Weg zum Treffpunkt.

Außerhalb des Waldes starteten sie das Wassertier und rasten nach Zenobach hinab.

Sie tranken sich Mut an mit Kartoffelschnaps.

»Learn to fly.«

Der Puma aß Beeren dubioser Herkunft, seine Ganglien strafften sich, eine lange Feder spannte sich in seinem Körper, bog ihn auf die Beine und schnalzte ihn vorwärts, den Berg wieder hinunter, immer schneller, keuchen, sabbern, stöhnen, schwitzen, laufen – den Kalkgrabenbach entlang. »Servus die Kröten, Griass Eich de Frösch', fesch seid's olle, oba i muss jetzt weita«, der Puma rannte den Heuberg hinauf, da war sie schon die Bildföhre, keine Heilung, kein Pardon, weiter, weiter, weiter! Durchs Rote Türl, hier hatte man die Türken abgeschlachtet, Kopf einziehen, »pardon Herr Wesir!« Ein Wall! Er muss hinüber, hinüber, über die Böschung, er will zur Bildbuche. Der Puma stolpert, kollert, kugelt in einen Graben hinein. Er liegt auf dem Rücken, er schöpft aus einem Rinnsal Wasser und lässt es langsam in seinen Mund rinnen. Er rappelt sich auf, kriecht zur Bildbuche, zieht sich kraftlos hoch und blickt in das Antlitz – der serbischen Maria – sie hält ein Kind in der Hand, sein, IHR KIND. Schreiend läuft er weg zum Ziegelofen, seine Ziele sind, ohne dass er es weiß: Die Tote Frau und der Tote Mann. Das waren zwei Gedenkstätten, hier hatten in grauer Zeit Räuber ein Ehepaar überfallen, den Mann hatten sie sofort getötet, die Frau bat etwas weitergehen zu dürfen, dann hatte man auch sie geschlachtet. Am Toten Mann angelangt lehnte sich der Puma an die Buche und sah Odysseus. Dieser lächelte ihn an und sang:

»I was only waiting for the moment to arise.«

Der Puma lachte irre, stolperte weiter zur Toten Frau, dort grinste ihn seine Großmutter an und warf ihm Kusshändchen zu, unser Gemarterter schrie qualvoll auf und rannte kopflos tiefer in den Wald hinein. Schluchzen, laufen, keuchen, schwitzen. »Cry Baby!«

»Blackbird fly.«

Die Ente raste mit ihren trunkenen und geschockten Insassen durch die Dunkelsteiner Ortschaften wie die Wilde Jagd.

Beim Feentanzplatz hielt der Puma kurz an, keine Fee, keine Lichtgestalt, die ihm zu Hilfe kam, Firlefanzus Esoterik Mummenschanz: »Hilf dir selbst!« Er nahm seine Beine in die Hand und stolperte mit vorletzter Kraft dem Wolfsbach zu, hier begann der eigentliche dichte und dunkle Wald, hier konnte er sich sicher und geborgen fühlen, um Kraft zu sammeln, auszuruhen, vor seinen Augen flimmerte es nur mehr, er taumelte, die Tränen mochten nicht mehr versiegen: »Mutter!« Er stürzte ein Bachbett hinunter, rappelte sich nochmals auf und die verschmierte und dreckverkrustete Gestalt verschwand endgültig in der grünen Dunkelheit.

»You are only waiting for this moment to arise.«

»All your life.«

Hier der Verkehrsfunk: »Bei Oberwölbling geriet ein Wagen mit drei Insassen infolge überhöhter Geschwindigkeit von der Fahrbahn. Bis zum Ende der Aufräumungsarbeiten ist die Dunkelsteinerbundesstraße bis auf weiteres gesperrt. Verletzt wurde niemand.«

Weißes Rauschen...

N 131

Über den Autor

Maximilian Huber erblickte im zarten Alter von 9 Monaten am 9. 11. 1956 im schönen niederösterreichischen Dunkelsteinerwald das Licht der Welt. Als man jedoch ihn erblickte, verschaffte man ihm einen 5-jährigen Aufenthalt bei diversen Zieh- und Pflegeeltern. Als 6-Jähriger vom leiblichen Vater adoptiert, lernte er heftigst in der Volksschule und verunsicherte das Landvolk. Nach der Hauptschule entschwand er in St. Pöltener Gefilde und lernte mit heißem Bemühen, jedoch erfolglos, die Banken- und Gemischtwarenkunde. Nach einer 3-jährigen Zimmererlehre im väterlichen Betrieb, hatte er vom gesunden Landleben genug und zog in die Stadt. In St. Pölten lernte er – nein nicht Priester – den Buchhändlerberuf.

Nach einem 4-jährigen Wiener Intermezzo, verschlug es ihn nach Wiener Neustadt, wo er seit 1987 dem Buchhändlerberuf nachgeht, einigen sozialen Vereinen vorsteht, Vorstandsmitglied des Vereins Alltag ist und die spärliche Freizeit dem Kabarettspielen und dem Bücher verlegen widmet. Maximilian Huber ist unverheiratet und gedenkt dies auch zu bleiben. Wurde mit dem Anerkennungspreis für Literatur der Stadt Wiener Neustadt 2004 ausgezeichnet.

Über den Autor

Maximilian Huber erblickte im zarten Alter von 9 Monaten am 9. 11. 1956 im schönen niederösterreichischen Dunkelsteinerwald das Licht der Welt. Als man jedoch ihn erblickte, verschaffte man ihm einen 5-jährigen Aufenthalt bei diversen Zieh- und Pflegeeltern. Als 6-Jähriger vom leiblichen Vater adoptiert, lernte er heftigst in der Volksschule und verunsicherte das Landvolk. Nach der Hauptschule entschwand er in St. Pöltener Gefilde und lernte mit heißem Bemühen, jedoch erfolglos, die Banken- und Gemischtwarenkunde. Nach einer 3-jährigen Zimmererlehre im väterlichen Betrieb, hatte er vom gesunden Landleben genug und zog in die Stadt. In St. Pölten lernte er – nein nicht Priester – den Buchhändlerberuf.

Nach einem 4-jährigen Wiener Intermezzo, verschlug es ihn nach Wiener Neustadt, wo er seit 1987 dem Buchhändlerberuf nachgeht, einigen sozialen Vereinen vorsteht, Vorstandsmitglied des Vereins Alltag ist und die spärliche Freizeit dem Kabarettspielen und dem Bücher verlegen widmet. Maximilian Huber ist unverheiratet und gedenkt dies auch zu bleiben. Wurde mit dem Anerkennungspreis für Literatur der Stadt Wiener Neustadt 2004 ausgezeichnet.

verein alltag verlag
wiener neustadt

Dreipappelstraße 13/d
2700 Wiener Neustadt

www.vereinalltagverlag.at
office@vereinalltagverlag.at